トム・クランシー＆
スティーヴ・ピチェニック
伏見威蕃／訳

ブラック・ワスプ出動指令（上）

Sting of the Wasp

扶桑社ミステリー
1620

TOM CLANCY'S OP-CENTER:
STING OF THE WASP (Vol.1)

Created by Tom Clancy and Steve Pieczenik

Written by Jeff Rovin

Japanese translation and electronic rights arranged with
Jack Ryan Limited Partnership and S & R Literary Inc.
c/o William Morris Endeavor Entertainment LLC., New York
through Tuttle-Mori Agency, Inc., Tokyo

ブラック・ワスプ出動指令（上）

登場人物

チェイス・ウィリアムズ──── オプ・センター長官
アン・サリヴァン──── オプ・センター副長官
ロジャー・マコード──── オプ・センター情報部長
キャスリーン・ヘイズ──── オプ・センターの画像分析官
ワイアット・ミドキフ──── アメリカ合衆国大統領
トレヴァー・ハワード──── 国家安全保障問題担当大統領補佐官
ジャニュアリー・ダウ──── 国務省情報研究局《INR》副局長
マット・ベリー──── 大統領次席補佐官
ハミルトン・ブリーン──── 陸軍少佐、ブラック・ワスプのメンバー
グレース・リー──── 陸軍中尉、ブラック・ワスプのメンバー
ジャズ・リヴェット──── 海兵隊兵長、ブラック・ワスプのメンバー
アフマド・サーレヒー──── 元イラン海軍大佐
ムハンマド・アビード・サーディー ─ イランの海運業者

プロローグ

ニューヨーク州、ニューヨーク
七月二十二日、午前九時十五分

　八十一歳の退役アメリカ海軍三等兵曹アーニー・キーンは、空母〈イントレピッド〉海・空・宇宙博物館の霧にかすむ飛行甲板《かんぱん》に立ち、ニュージャージー州のほうを眺めた。だが、霧で濾過《ろか》された夏の日射しのなかで細めていたキーンの灰色の目に映っていたのは、庭園州《ガーデン・ステート》（ニュージャージー州の愛称）ではなかった。夏には入場者で混雑するので観光客が早朝からくり出すのだが、たまたまそのときはひとりも見当たらなかったので、キーンは過去を見つめていた。

　キーンは、一九六二年に戻ったような気がしていた。プエルトリコでは、午後なかばの陽光はもっとくっきりしていて、空はもっと青く、海が果てしなくひろがっていた。においは？　アメリカの船乗りすべてのつねに変わらない伴侶《はんりょ》、潮気と燃料の入り混じったにおいが、何十年もたったいまもここには漂っている。それが、キーンの鼻腔《びこう》を心地よく刺激した。当時は、海に出てから十六カ月もたつと、空母の艦内で耳にするさまざまな音は、キーンにとってはホワイトノイズにすぎなくなるのがふつうだった。しかしその年の五月二十四日、第３ヘリコプター戦闘支援飛行隊（ＨＳ‐３）のシコルスキーＳＨ‐３シーキング・ヘリコプターのローターの連打音は、それまでとはまったく異なっていた。その日、そのヘリコプターは、歴史の一ページを通り抜けたのだ。

　過去を覗《のぞ》き込むうちに、キーンのブロンズ色に日焼けした皺《しわ》だらけの顔に、誇らしげな笑みが浮かび、思わず目が潤んだ。キーンは過去を見て、聞き、またそこに戻っていた。退役していまは堂々とした博物館になっている空母のべつの場所に、キーンの娘とその夫と孫娘がいる。誕生日に娘夫婦が空路でここへ連れてきてくれたのだが、キーンは昔乗り組んでいた艦《ふね》とふたりきりになりたいといった……宇宙へ行ったアメリカで四人目の宇宙飛行士、スコット・カーペンターが軌道飛行後に海から救出された日の思い出にひたるためにだ。

　キーンは、オーロラ７（マーキュリー・アトラス７号のコードネーム）のカプセルを降下させたパラシュート三つを見ていない。宇宙船が着水地点から大きくそれたために、だれも目撃できなかった。だが、機首が赤で機体のそのほかの部分は黒とグレーのヘリコプターが飛んできて、甲板に着艦したときの光景は、ぜったいに忘れられない。満面に笑みを浮かべた宇宙飛行士が、何時間も無重力状態に置かれていたとは思えないような勢いで跳び出し、乗組員全員が拍手喝采《かっさい》した――国民もおなじ思いだった。わたしたちの国全体が、もっとも新しい英雄に喝采を送った。宇宙での仕事を終えたあとで海軍の海底居住実験に参加した故カーペンターのことを、キーンが忘れるはずはなかった。

　それから五十七年を経《へ》て、おなじ空母の飛行甲板をキーンは踏んでいる。心の目に見える幻影はいまなお鮮やかで、いまだに胸が詰まる思いだった。

　なんてことだと、キーンは思った。顎《あご》がふるえ、息が乱れ、そのすばらしい一瞬をいままた味わっている。それは自分の人生の一瞬であるだけではなく、アメリカの歴史における一瞬でもあった。当時のわれわれにあったものだと、キーンは心のなかでつぶやいた。ニューフロンティア（ケネディ大統領が選挙戦中に掲げたスローガンで、大統領就任後の政策目標になった）。先見の明がある若い大統領。平和な時代に繁栄する国。

　キーンはその一翼を担《にな》う栄誉に浴した。宇宙空間から帰還したばかりのアメリカ人を回収するのに立ち合ったのだ。三年後に〈イントレピッド〉がジェミニ3のガス・

グリソムとジョニー・ヤングを回収したときには、キーンはもう海軍にはいなかったが、テレビで見て、乗組員全員がなにを味わっているかを知った。カーペンター中佐が飛行甲板に――いままさにキーンが立っている場所に――おろされたときに、ディック・トールマン二等兵曹といっしょに立ち、壮大な計画におけるひとつの歯車としての役割を果たしたことを、キーンはいまも謙虚に受けとめている。気づくと、時間も年齢も人生も、すべて消滅したように思えた。キーンは若返ったような心地がした。妻もまだ生きていて、娘は赤子で、長く、深く、豊かな未来があるように思えた。

あれはどこへ消え失《う》せてしまったのだろう？　キーンは不思議に思った。これまでの人生だけではなく、この艦に乗っていた全員が感じていた、気分を高揚させる力強い一体感もいまはない。

コネティカット州グロトンに住むキーンは、渋々ゆっくりと現在に戻った。過去と現在のあいだには長い歳月の隔たりがある。それを思い起こした。いまここで聞こえるヘリコプターの音は、ハドソン川沿いの定期交通なのだ。耳に届くのは、乗組員仲間ではなく観光客の声だった。飛行甲板は、横揺れも縦揺れもなく、潮飛沫《しおしぶき》で滑りやすくなってもいない。全長二六五・八メートル、二万七五〇〇トンの巨艦は、プレジャーボートか水上タクシーにふさわしいような川に、でんと錨泊《びょうはく》している。

垂れ下がったシャツのポケットで、着信音が鳴った。キーンは携帯電話を出して、メールが読めるように腕をのばして画面を見た。娘からのメールだった。

だいじょうぶ？

キーンは、マイクのアイコンを親指でタップした。周囲のひとびとがそれぞれの考えや感情を楽しんでいるのを意識して、低い声でいった。

元気だ、一分後にそっちへ行く。愛してる。おまえのパパ。

スーザンとその夫のジェイソン、ふたりの末娘のライサが、スペースシャトル展示室で待っている。キーンは歴史との個人的な結び付きをふたたび燃えあがらせ、いっそう豊かな気持ちになりたいと思っていた。

キーンは送信ボタンをタップし、急に思いついたことを得意がりながら、甲板を踏む足を携帯電話のカメラで撮影した。家に帰ったら、ロングアイランド湾を遠望できるテラスであらためてこの画像を見たい。この艦《ふね》が授けてくれた鍛錬が、もとからこの胸にあった海への愛を強めてくれ、油圧トレイラーやリフトを操作するボートヤード（小型船の造船・修理・保管を行なう施設）作業員として成功するのに役立った。その後、キーンは整備を学び、マリーナの管理人になったのだ。

心のなかで溜息《ためいき》をつきながら、キーンは思った。まあ、あの日に乗り組んでいた人間は全員、それぞれの旅をした。いろいろな仕事ができたことを、神に感謝し――。

アーニー・キーンは、最後まで考えることができなかった。とてつもない音と威力の爆発がすぐうしろで起きて、考えが途切れた。

軍の士官によって、軍隊らしい正確さで、作戦はみごとに成功した。

本作戦は、アフマド・サーレヒー元大佐と、パキスタンのイスラマバードにあるアブドゥッサラーム物理学研究所の教授、ハフィズ・アキーフ博士が計画を立案し、サーレヒーの後援者で強大な権力を握っているイラン・イスラム共和国情報省《エイザラートエ・エッテラーアト・ジョムフーリエ・エスラミーエ・イラーン》特別法廷のアリ・ヨウネシー検察官によってじきじきに承認された。ワシントンDCからニューヨークへ一行が来てから五日のあいだ、計画は秘密裏に進められていた。イランは、親密なイスラム教国の大使館に外交部門を置いている。イランは――アメリカに正式な外交官を置かずに――〝イスラマバードの保護下〟で、アメリカ国内の外国すべてとおなじ外交特権を享受している。アメリカとイランの互恵的な取り決めは、テヘランのスイス大使館のアメリカ利益代表部を介してなされる仕組みになっている。

熟練の船乗りらしい辛抱強さで、サーレヒーは大気の条件が完全に最適になるのを待った。港から霧が流れてきてハドソン川の上にとどまり、観光客が計画を変更したくならない程度に、湿度が高くなる。マンハッタンとその周辺の特定地域における湿度を精密に知るには、ニューヨーク州イサカにあるコーネル大学大気科学部のデータがもっとも徹底していて役立った。アキーフ博士がハドソン川右岸の四十六丁目十二番街の地上で、みずから大気の条件を承認していた。

サーレヒーは、恐れを知らない六十一歳の元イラン革命防衛隊海軍大佐だった。現役勤務から〝退いた〟あと、中東、アジア、南米を航海して、イラン政府のためにブラックマーケットの武器を配達したり、購入したりしていた。二十日足らず前に、イランのために核弾頭を入手しようとしたが、ロシア沿岸沖でアメリカの奇襲部隊に阻止された。アメリカのこの無法な攻撃によって、貨物船〈ナルディス〉と幹部将校を失った。きわめて困難で危険な任務の実行を任せられる男だという評判も失われ、サーレヒーは、迅速《じんそく》に容赦ない復讐《ふくしゅう》を果たすことを渇望し、いっそう冷酷非情になっていた。

サーレヒーは、化学者のアキーフ博士――ヤンキーズの野球帽を目深《まぶか》にかぶっている――とその娘イラムと孫娘アムナとともに、空母〈イントレピッド〉海・空・宇宙博物館にやってきた。サーレヒーとアキーフ以外のふたりは、艦内にははいらなかった。若い母親のイラムが十九カ月の赤子をベビーカーから抱きあげ、水面から離れた隅で、博物館の入口に近い八十六番埠頭《ふとう》を見おろす砲金色の壁にもたれて、哺乳瓶《ほにゅうびん》からミルクを飲ませていた。サーレヒーは、赤子をおろしたのに空とはいえない折り畳《たた》み式ベビーカーを押しながら、ものすごく辛抱強い祖父の役を演じていた。

待っている人間の役は、演じる必要すらなかった。海ではつねにそうだった――出港を待ち、入港を待ち、大海原を何日もかけて横断し、嵐《あらし》を避けるために大きく迂回《うかい》する。人生の大部分が、待つことばかりだった。

それに、考えることも多かった。いまはその両方をやっていた。一週間前、サーレヒーはターバンを巻いてシーク教徒に変装し、ここを訪れて防犯カメラを探した。自分の姿が確実に見られる場所、物事ができるだけ多くの角度から記録されるはずの場所を探した。観光客が最初に行く場所を観察した。たいがいの観光客が、航空機がならんで展示されているところで動画を撮影していた。当然ながら、政府の貴重な財産である航空機と、そのまわりに群がるひとびとを監視できる位置にカメラが配置されている。それが典型的な抑止手段だった。テロリストが撮影されたくないとしたら、そこへ行こうとはしないだろう。

だが、撮影されたいと思っていたら？　サーレヒーは思ったが、防犯カメラを見ないようにした。いまはまだ撮影されたくない。

サーレヒーは、服の下にターバンを入れていたので、腹がかすかに膨らんでいるように見えた。ここでの仕事が終わったら、それが必要になる。アムナが座っていたところには、ぬいぐるみの動物があった。アメリカ自然史博物館で買ったフラシ天の剣《けん》歯虎《しこ》だった。サーレヒーは自分とアキーフの娘と孫が、数カ所で動画に撮影されるように手間をかけていた。身許が割れている外国人ではなく、かなり長い顎鬚《あごひげ》と被り物からしてユダヤ教徒だと顔認証ソフトウェアに認識されることで、今後の自動プロファイリング・システムにひっかからないようにするためだった。いっぽうアキーフは、ニューヨーク市警、ＦＢＩ、国土安全保障省などの監視組織にとっては、数日かけて観光名所をいくつか訪れたパキスタンの一外交官にすぎない。ブロードウェイミュージカル『ウィキッド』の売店で買った飲み物用プラスティック容器は、セキュリティチェックを通過するのに好都合で、警備員はちらりと見ただけだった。サーレヒーが出遭った人間は、男も女もあからさまにうんざりした目を向けた。危険物にはとうてい見えないだろうが、じつは邪悪《ウイキッド》なものなのだと、サーレヒーは心のなかでつぶやいていた。その大きな容器をあけた人間は、死ぬはめになる、特殊加工がほどこされた容器内には、どろどろの黄色い三フッ化塩素が充塡《じゅうてん》され、川の湿った空気にさらされると化学反応を起こす。

そうならなくてよかったと、サーレヒーは思った。イラン軍将校として、また永遠の革命の戦士として、死ぬ覚悟はできていた。サーレヒーは聖戦主義者ではなかった。自分の国の堂々たる古代史を畏敬《いけい》している誇り高いイラン人にすぎない。とはいえ、生き延びたいというのが本心だった。これをだれがどういう理由でやったかをアメリカ人に知らせて、未来の攻撃を防げなかった屈辱とみじめさを味わわせる必要がある。まもなくつづいて〈イントレピッド〉に乗船するアキーフ博士が、外交官の身分証明書を使い、すみやかに下船できるようにしてくれるはずだ。

サーレヒーの前方に、年配の男が立っていた。立ち姿からして、そのアメリカ人は船乗りのようだった。かすかに曲げた両脚が、まるで甲板から生えているようだし、灰色の薄い髪は海の風と前にも踊ったことがあるように見えた。だが、重要なのはその呼吸だった。蘇生して生命維持装置をはずされた人間のように、息を吸っていた。サーレヒーにそれがわかったのは、自分も甲板を踏んだとたんにおなじように感じたからだった。アメリカの軍艦だということは関係ない。それは海の野獣、政治とは無縁に航海を重ねてきた生き物だった。

これから自分がやろうとしていることに、サーレヒーは心を痛めていた。とはいえ、この男に語りかけるか、足の下の鋼鉄の船体と意志を疎通したなら、これは彼らが望んだ運命なのだといい切ったはずだった。諺《ことわざ》にあるように、自分の選ばない途を他者のために選ぶことはできないのだ。


甲板からにわかに噴き出した炎はきわめて強力で、まるで地獄の屋根が張り裂けたような感じだった。土産物《みやげもの》のプラスティック容器は、それまで目を向けられもしなかったが、自動的に発火した炎の壁のほうへすべてのひとびとが顔を向けた。

そのひとびとの多くにとって、炎の壁は死ぬ前に目にした最後のものになった。

炎は空気中の水分を恐ろしい蒸気に変えて、目を溶かし、人間の喉《のど》や鼻腔を破壊した。それと同時に、三フッ化塩素が甲板と靴の下を流れ、接触したすべての物体と人間を焼き尽くした。アーニー・キーンが最初の犠牲者だった。一瞬前までは、過去に温かく抱擁《ほうよう》されていたのに、つぎの瞬間には現在に戻って、焼死した。膝《ひざ》をついてくずおれ、真っ黒焦げになった。肉が塊《かたまり》となって剝《は》がれ落ちた。まわりにいた観光客たちが、最後の一瞬に悲鳴をあげ、体に火がついた数人が川に跳び込もうとした。だが、甲板の炎に追いつかれ、追い抜かれた。化学物質が川に向けて流れるあいだ、物体や肉が焼ける不自然な音が空気に充満した。

サーレヒーは立ちどまり、防犯カメラをまっすぐに見てから向きを変え、家族のふりをしているパキスタン人を呼んだ。

「こっちだ！」アキーフ博士が叫び、サーレヒーを手招きした——共犯のサーレヒーを被害者であるかのように見せかける演技だった。

アキーフはすでに外交官の身分証明書を持ち、広範囲の炎をなんとかよけて逃げている群衆の先で娘と孫を促して、セキュリティー・チェックポイントを通っていた。博物館の外に立っていたアキーフは、年配のユダヤ人を安全なところへ連れていくよう、警備員に指示していた。激しい火災で蠟燭《ろうそく》のようにほとんど解けてしまったベビーカーを、ユダヤ人は置いてきた。ハンカチで口を覆っていたユダヤ人はなにも持たず、鼻腔に残る死の痛烈なにおいを漂わせていた。

四人は階段をおりていった。アメリカ人は自分たちの本土でいつも示す反応のとおり、犯人よりも被害者に関心を向けていた。観光客が逃げようとしているあいだは、現場を封鎖することなどできない。

空母〈イントレピッド〉の世界は、大混乱とすすり泣き、叫び声と遠くのサイレン、飛行甲板全体を覆う死の衣だけから成っていた。化学物質を吸うだけでも死者が増え、瀕死《ひんし》の人間の耳障りな悲鳴が響いた。急行した警備員たちは、自分たちがなにに対処しようとしているかを悟り、せめてガスマスクがないと助けに行けないと気づいて、あわててひきかえした。

サーレヒーは、急いで埠頭から遠ざかりながら、周囲を見て、プレジャーボートが傷ついた巨艦から離れ、航空機が大きく迂回し、致死性の雲に野次馬が近づかないように警察が陣取って、警察車両の回転灯が光るのを観察した。消防車と法執行機関の車両と救急車以外は、道路を走っている車がいなかったので、博物館から遠ざかるのは簡単だった。

サーレヒーとアキーフは、視線を交わさなかった。パンジャブ州にあるワーフ駐屯《ちゆうとん》地《ち》のパキスタン軍兵器工場で人知れず働くことには、なんの差し障りもない。それがアキーフの現在の仕事だった。しかし、大量破壊兵器を現場に持ち込み、それを配置するのを手伝い、結果を見届けることを強いられるのは、それとはまったく異なる由々《ゆゆ》しい事柄だった。だが、アキーフと家族は、自分たちが享受している豊かな暮らし——にくわえて、イラムの工業生産省の高給取りの役人という将来の身分——のために、協力しなければならなかった。それに、アキーフたちにもアメリカへの敵意はあった。アメリカの石油化学会社のもとでパキスタン人が数十年も酷使されていたことを、アキーフとイラムは忘れていない。その後、従業員と地元企業が、その会社を買収した。高等教育を受けているパキスタンのエリートたちは、タリバンやそのほかのテロ組織との戦いでアメリカがパキスタンの地域での優位を侵害したことを恨んでいる。パキスタンの知的職業人のほとんどが、この押しつけられた任務や倫理を腐敗させる汚れた政治風土を嫌っている。四人とも数時間後にはアメリカを離れる。アキーフの暮らしは、いままでどおりつづけられるはずだった。

あの動乱の地域では、安定の代償はたいがい高くつくのだ。

1

ヴァージニア州スプリングフィールド
フォート・ベルヴォア・ノース
オプ・センター本部
七月二十二日、午前九時二十六分

チェイス・ウィリアムズが所有するすべての機器が、同時に活動しはじめた——個人用携帯電話、仕事用携帯電話、タブレット、固定電話機三台すべて。アジアの情報要報を吟味《ぎんみ》していると、着信音や電子音のシンフォニーが湧《わ》き起こり、恐ろしい出来事が起きたのだとわかった。オプ・センター——正式名称は国家危機管理センター——長官のウィリアムズにとって唯一の疑問は、それをだれから聞くべきかということだった。

ウィリアムズは、デスクの秘話陸上有線《ランドライン》を選んだ。かけてきたのはワイアット・ミドキフ大統領の次席補佐官マット・ベリーだった。ホワイトハウスに常勤しているか定期的に訪問するかしている情報顧問のチームは、ワシントンＤＣでは〝パーティ・プランナー〟と呼ばれているが、そのなかでもベリーは群れと交わらない謎《なぞ》の人物だった。大物たちの尊敬を集めてはいないが、大統領には信頼されている。ベリーはオプ・センターのブライアン・ドーソン作戦部長の親しい友人で、そのチームの非公式なホワイトハウスの情報源になっていた。元海軍大将で統合軍司令官を歴任したウィリアムズは、悪い報《しら》せをただちに前後関係とともに知る必要があった。それはそれとして、デスクトップコンピューターをＣＮＮに合わせて、見落としていたことを知ろうとした。クレジットと生中継の映像で、すぐに吐き気を催すような事件の概要がわかった。ところが、ベリーは、ウィリアムズが欲していた包括的な情報を告げなかった。

「マット？」ウィリアムズはいった。「なにが――」

「大統領とのビデオ会議。秘密会議室《タンク》で、いまから」

ベリーが電話を切ると同時に、アン・サリヴァン副長官がドアから跳び込んできた。六十歳のウィリアムズは立ちあがり、不安をあらわにしているアンに肩をすくめて応じ、ベリーがいったことを伝えた。

「なにか知っているか?」ウィリアムズは、ドアの裏のフックからスポーツジャケットを取りながらきいた。

「わたしたちはまずいことになっています」アンが、デスクのほうを目顔で示した。

ウィリアムズは、タブレットのほうをふりかえった。オプ・センターの画像分析スペシャリストのキャスリーン・ヘイズが自分のコンピューターから送ってきた防犯カメラの画像が表示されていた。下に黒い字で名前が記されていた。

ウィリアムズは悪態をついた。例によって、アンのいうとおりだった。指でその名前をつつき、しばし待った。現われたデータは、七月三日に閉じたばかりのファイルの見出しだけだった。

「わたしたちがこれを察知できなかった原因を突き止めてくれ」ウィリアムズは、アンのそばを急いで通り、オプ・センターの電子と科学の脳中枢に向かいながら、ぼんやりといった。

ウィリアムズの声が感情を浮き彫りにするのは、めったにないことだった。太平洋軍と中央軍で数十年、軍務に服して、周囲の人間すべてが冷静さを失うようなときであっても落ち着きを失ってはならないというキプリングの言葉を肝に銘じるようになっていた。だが、アンへの小声の命令には、めったに見せないような激しい怒りがこめられていた。アフマド・サーレヒー大佐は、オプ・センターのターゲットだった。サーレヒーが敗北を喫したのは、オプ・センターのせいだった。サーレヒーが厚い帳《とばり》に覆われているイラン情報省の廊下に姿を消したとしても、ふたたび現われたときには、オプ・センターは発見しなければならなかった。

ただ現われただけではなかったと、ウィリアムズは思った。逆襲の計画を用意して、すばやく現われた。自分のチームがサーレヒーを見くびっていたせいで、一般市民が死に、アメリカのカレンダーにまた暗黒の一日が記された。

歩く距離は短く、すれちがう部下の視線をウィリアムズは意識して避けようとはしなかった。だが、今後の手立てや大統領が打つべき一手についての考えは、まったくまとまらなかった。一分前にちらりと見た惨状についてあれこれ考える余裕もなかった。夜になり、眠ろうとするときに、それが蘇《よみがえ》るはずだった。

おたく帷幕会議室《ギーク・タンク》は、オプ・センターのテクノロジーの心臓部、集められるすべての生情報の中心地だった。いくつものスクリーンのほうへかがんでいる若いＩＴ天才十四人の輪を、ウィリアムズは見渡した。ほとんどがひきつづき脅威を捜していた。何人かは、ウィリアムズがアンに指示したことの調査にとりかかっていた。

〝わたしたちがこれを察知できなかった原因を突き止めてくれ〟。

その言葉が、葬送歌のように何度もウィリアムズの脳裏で再生された。だが、哀悼《あいとう》にふけることは許されない。オプ・センターの二十人ないし三十人のチームの大多数は、国内での危機を経験していない。彼らを駆り立てて意欲を高め、もっと警戒を強めるように仕向ける必要がある。絶望にひたってはいられない。幹部はあらゆる活動家、細胞《セル》、武装勢力、国内と世界の反米運動、外国の過激派を再検討しなければならない――潜在的な脅威を突き止めるには、脅威分析アルゴリズムだけではなく、直観と経験を利用する必要がある。

われわれがサーレヒーのことに気づけなかった原因はなんだろう？　無念な思いが混じった怒りにかられて、ウィリアムズは自問した。チームは失敗を犯したが、それよりも悪いのは、リーダーがチームの期待に背いたことだった。そして、国際社会が見守るなかで、おおぜいのひとびとが死んだ。

ウィリアムズの人差し指がスキャンされ、秘密会議室《タンク》のドアがぱっとあいた。ウィリアムズは吸音材が貼《は》ってあるドアを閉めて、小さな会議テーブルに向かって座り、自分の名前と暗号――〝Ｎｅｄｌａ〟を唱えた。父親の名前オールデンを逆につづったものだ。ごく少数の人間しか起動することができない、壁に内蔵の視聴覚システムが作動した。そのフォトニックバンド・ラインで秘密を保全しているだけではなく、部屋そのものが電磁的な蜘蛛《くも》の巣にくるまれ、そのほかの信号も外に出ない仕組みになっている。アンはかつて、秘密会議室は文明の運命が裁かれる陪審室だといったことがある。ウィリアムズはそれをいま感じたが、大統領とほかの出席者の顔を見て、これから決められるのは世界の未来ではないと悟った。分割スクリーンには、大統領といっしょにオーヴァル・オフィスにいるトレヴァー・ハワード国家安全保障問題担当大統領補佐官にくわえて、国務省情報研究局《INR》副局長ジャニュアリー・ダウ、アレン・キムＦＢＩ副長官が映っていた。副大統領は中国にいて、金正恩後の南北朝鮮統一を立案しているので、その重要任務を中止させるべきではないと、大統領は判断した。会議のことをウィリアムズに報せたマット・ベリーは、出席していなかった。それだけで、ウィリアムズには知る必要のあることがすべてわかった。味方がひとりもおらず、オプ・センターが享受している自律性に積極的かつあからさまに反対しているジャニュアリーがいる以上、これはもう会議ではない。死刑執行だ。

ウィリアムズが接続すると同時に、アフリカ系アメリカ人のジャニュアリーが発言した。

「……動きが知られるようになったのは、彼が動きを知られるのを望んでからでした」ジャニュアリーはいった。「わたしたちに確認できているかぎりでは、サーレヒーと身体的特徴が一致する人物が、七月七日の午前零時前に大使館に到着しています。大使館を出入りするときには、パキスタンの公用車に乗っていました」

「きょうサーレヒーといっしょに旅行していたように見える人物は？」ミドキフがタブレットを見ながら質問した。

「わかっていません」ジャニュアリーがいった。「野球帽をかぶっていて、カメラの前に現われないように気をつけていたようでした」

「ニューヨークの路上強盗はだれだって、われわれの防犯カメラを避ける方法を知っている」ハワードが文句をいった。

大統領が、ようやくスクリーンに顔を向けた。「なにか役立つような情報はあるか、ウィリアムズ長官？」

大統領は〝チェイス〟と呼ばずに、〝ウィリアムズ長官〟といった。それが最初の攻撃だった。

「いいえ、大統領」ウィリアムズは答えた。

「七月三日以降のことは、なにもないのね？」アメリカの情報機関に配布されるオプ・センターのファイルについて、ジャニュアリーが刺々《とげとげ》しく責めた。「レッド・フラッグは？」

「ない、ミズ・ダウ」

三週間近く活動が怠慢だったことを確認した。それが第二の攻撃だった。

ウィリアムズは、大統領を仔細《しさい》に観察していた。目がスクリーン上の時計のほうを向いている。事後の分析には興味を持っていない。過去ではなく、未来のことが頭にあるのだ。それが第三の攻撃になる。

「ウィリアムズ長官、いまから十四分後、午前十時に、オプ・センターの政府組織としての憲章は無効になる。追って通知があるまで、人員は施設内にとどまるよう伝えられたところだが、すべての秘密事項へのアクセスはすでに資格停止となり、検索は禁止された。上記の人員の再配置は、ハワード補佐官に任される。きみの献身に免じて、ウィリアムズ長官、組織的不法行為による辞任は求められない。十時までに明け渡すことに、なんの問題もないと思うが？」

「なんの問題もありません、大統領」ウィリアムズは答えた。

スクリーンが真っ暗になった。秘密会議室《タンク》内の沈黙に押し潰《つぶ》されそうな感じだった。

自分の怠慢、失敗、チームと友人たちの期待を裏切ったことが、さらに重くのしかかっていた。気力がひとかけらも残らずに抜けていくような気がした。ドリアン・グレイの肖像のように、一瞬にして何十年も年老いたように感じた。

ウィリアムズは、大きな体を椅子《いす》から持ちあげることができなかった。秘密会議室を見まわし、水のピッチャーとグラスを見た——無数の会議とみごとに解決した危機の幻を見た。

この一件だけ解決されなかったことが口惜しく、不愉快になった。そのために職歴と人生が決した——怯《おび》えた兵士を殴ってしまい、第二次世界大戦で勝利を収めるのに寄与できなかったジョージ・S・パットン将軍のように。ゲティスバーグでは勇敢に指揮をとらず、自分の馬が撃たれたときにはべつの馬を徴発し、リトル・ビッグ・ホーンでは部隊を全滅させたジョージ・アームストロング・カスター将軍のように。ウィリアムズは一瞬、これをひとりの人間として受け入れていない自分を叱《しか》ったが、将校はただの人間ではない。模範にされる人間なのだ。そして、このリーダーシップの実例は、灰燼《かいじん》と帰した。

それに、自己憐憫《れんびん》。それだけは避けなければならないと、自分にいい聞かせた。なぜなら、秘密会議室を出て、長官室まで歩き、正面出入口から出るのを、自分は十分以内にやらなければならない。そうしなかったら、正面出入口の警備員に付き添われて連れ出されることになる。どうやって退場するかで、部下たちの目にどう見られるかが決まる。それがひとつの評価として定まり、周囲の人間がもっと警戒しなければならないと気を引き締めるきっかけにもなる。

それくらいのことはできる。何事もなかったかのように、自分の車まで行けばいいだけだ。両方の掌《てのひら》でテーブルを押して立ちあがり、大股《おおまた》にドアまで歩いていって、胸を張り、いったん目をそらしてから、うしろから視線を向けるひとびとのあいだを足早に通った。だれにも挨拶《あいさつ》をせず、長官室の外で待っていたアンにも声をかけなかった。

「わたしにできることは?」ウィリアムズがそばを通ったときに、アンがきいた。

「ハワードが望むものをなんでも渡せ」いってから、ウィリアムズは立ちどまった。「体に気をつけて」厳しさを和らげた声でいった。笑みを浮かべ、目がうるんだ。「それに、ありがとう」

アンが、口を一文字に結んでうなずいた。ウィリアムズは、私用の携帯電話をデスクから取って、出ていった。オフィスにある写真や記念品は持たなかった。あとで送ってくるだろう。撤退と敗北のちがいはそこにある。これは撤退かもしれない。マッカーサー将軍は、フィリピンから撤退するときに、去りかたが重要だということを理解していた。

2

コネティカット州ハートフォード
ブラッドレー国際空港
七月二十二日、午前十二時三分

ブラッドレー国際空港発イスラマバードのベナジル・ブット国際空港行きの直行便があったとしても、距離が一万一〇〇〇キロメートル弱もある。そこからテヘランまで、さらに一九三〇キロメートルの旅になる。しかし、ノンストップ便などなかったし、サーレヒーと旅の連れ三人にとって好都合な予定は組めなかった。

サーレヒーとアキーフたちは、べつのウーバーを使い、二時間かけて空港へ向かった。乗るのもべつの便になる。いまも観光旅行中ということになっているアキーフ家の三人はモントリオールへ行ってそこで分かれ、アキーフ博士は〝外交官〟の用務でトロントまで列車で行き、そこから空路ヴァンクーヴァーを目指す。アキーフの娘と孫娘は、ホテルでアキーフを一日待つ。三人はヴァンクーヴァーから東京へ行き、そこから帰国する。バルヴァン・プラブという偽名で旅行するサーレヒーは、プエルトリコ経由でアンティグアへ行く。顔だけではなく、おそらく身許も知られているはずなので、ヨーロッパやアジアの主要空港へは行かず、小規模な空港のターミナルでシーク教徒に変装している顔を見せる。アメリカの情報機関が監視している可能性が高いので、サーレヒーもアキーフも外交官の身分証明書は使わない。〈イントレピッド〉攻撃に、イラン、パキスタンが関連があることは見え透いている。そこで、四人ともインド国籍の偽造パスポートを使い、それぞれの旅行先から母国に戻るように見せかけた。その裏付けに土産物を買って、着替え、洗面用品、読み物などといっしょに荷物に入れた。おなじ空港から出発したのは、おたがいに目を配るためだった。異変があればパキスタンの工作員に報せる。支援のために、近くのホテルで数人が待機していた。パキスタンの工作員たちは、アキーフ一家とサーレヒーの身柄をパキスタンで拘束し、正式な犯人引渡手順が行なわれるのを待つと主張する手はずになっていた。その要求が拒否されることはないはずだった。サーレヒーが過激な行為に踏み切った理由を説明するよう、アメリカ政府は激しく追及されるにちがいない。そうなったら、アメリカが国際水域でイランの貨物船に対していわれのない攻撃を行なったという問題が、たちまち取りあげられる。さらに、事件についてロシアが口出しし、核ミサイルなどありもしないことだと否定するはずだ。サーレヒーは、国際政治や外交的な見せかけを毛嫌いしていたが、今回はそれが有用な防御になる。

サーレヒーの使える英語は海事用語だけにかぎられているので、ウーバーのラジオから流れるニュースは理解できなかった。だが、助手席にタブレットが置いてあったので、ニュースの映像が見たいことを手ぶりで示した。いまも燃えている炎と、化学防護服を着た消防士が火災と戦っている動画が見られた。飛行甲板に展示されていた航空機の多くは、主脚などが壊れて傾いたり損壊したりしていて、なかには見分けがつかないほどになっている機体もあった。関連する記事に数字があった。七十七という大きい数字のほうは、おそらく負傷者と入院者だろう。五十二という小さい数字は、死者数にちがいない。最初に死んだ老船乗りの姿を思い浮かべて、サーレヒーはつかのま悲しみに襲われ、心のなかで謝罪した。船乗りは炎ではなく水のなかで死ぬべきだ。

あとの死者はどうか？　ほとんどなんの感情も湧かなかった。ひとが死ぬのは、これまで何度となく見ている。兵士、船乗り、一般市民、子供。これは新しい船一隻《せき》分の代償なのだ。イラン人の男として、海軍将校として、真価を発揮する必要があった。それに、名誉挽回《ばんかい》の機会があたえられたことに、なによりも感謝していた。人生ではそういうことはまれだし、ことにイランではめったにない。

そのことが、勝利をいっそう甘美なものにした。

ウーバーに乗る前に、サーレヒーはユダヤ教徒がかぶるヤームルカを脱ぎ、シャツの下に隠してあったターバンを巻いた。いまではシーク教徒の変装だった。アキーフ一家の姿を見ることはなく、ありがたいことにシーク教徒もいなかった——不便なところから出国することにしたのは、そのためでもあった。シーク教徒に化ける訓練はたいして受けていないので、そうではないことがばれる可能性も高かった。アメリカ東部からインドかパキスタンへ行くのであれば、たいがいニューヨークかボストンから出発する。それもハートフォードから飛行機に乗る理由のひとつだった。それに、名前か顔が監視リストか搭乗拒否対象者リストに載っているような人間は、ニューヨーク、ボストン、フィラデルフィア、ワシントンDCの空港のほうが姿を消すのに便利だろう。そういう連中は、身を隠しづらいこういう空港は使わない。つねにほほえんでいる年寄りのシーク教徒に目を向ける者はいなかった——無関心に礼儀正しくふるまわれるだけだった。アメリカ人は、文化、宗教、民族、独特の性的志向をはっきり示している人間に愛想よくふるまって、寛容で多様性を受け入れることを示すと聞かされていた。

乗る便を待つあいだ、何事も起きなかった。サーレヒーは上のほうにあるモニターを見て、自分の行為がとぎれることなくニュースで報じられるのを眺めた。ミドキフ大統領がホワイトハウスから演説し、そのほかの政府高官も深刻な表情で話をしていた。〈イントレピッド〉を離れる前にわざとカメラに撮影されたサーレヒーの画像もあった。紅茶のカップとロールパンを持って空港で座っていたサーレヒーは、だれが見ても、母国に帰ることだけを考えている男のようだった。

まったくその通りだった。帰国し、イラン軍事法廷第一課の判事たちの前に出頭し、記録から汚点になることを削除し、〈ナルディス〉に変わる船の船長に任命してもらうことを正式に要求する。

午後一時過ぎに、〈イントレピッド〉にいた四人の男女は、空路で出発した。

そのうちひとりだけが注意を惹《ひ》いていた。その後も監視され、計画どおりに旅をすることはできないはずだった。

3

ヴァージニア州スプリングフィールド
フォート・ベルヴォア・ノース
七月二十二日、午前十時五分

朝いちばんで起きたことは、チェイス・ウィリアムズの想像をはるかに超えていたが、そのあとで起きたのは、もっとありえないことだった。

マット・ベリー次席補佐官が、ホワイトハウスとのビデオ会議に出席していなかったのは、オプ・センターの駐車場にとめたＢＭＷで待っていたからだった。ウィリアムズが不透明なガラスドアから出てくるのを見ると、ベリーは車をおりて、そっちへ歩いていった。ベリーはウィリアムズより頭ひとつ分、背が低いが、いまのふたりを見ても、それほどちがいはわからなかっただろう。精神が参ると三〇センチ背が縮まるようなことがあるとすれば、ウィリアムズがまさにそうだった。

ウィリアムズはあまりにも打ちひしがれていたために、すぐにはベリーを見わけられず、すぐ手前で立ちどまった。

「非友好的な友人か、それとも友好的な敵か？」ウィリアムズはきいた。砂漠の嵐作戦以降、戦地に向かう兵士を訓練する際に議論される問題だった。どちらに遭遇したほうがいいか、どちらをより信頼すべきかという意味だった。

「どちらでもない、チェイス」ベリーがいった。「わたしはきみのつぎの任命を携えてきた」

衝撃的で、予想もしていなかった言葉だった。「なんのつもりだ？　情けをかけ――」

「ちがう」ベリーが、すこし傷ついたように遮った。「わたしは大統領の命令で来たんだ」うしろを親指で示した。「車に乗ろう。話がある」

ウィリアムズは、長身を座席にゆっくりと収めて、シートベルトを締め、サングラスをかけた。頭がからっぽで、呼吸が――意識せずにいると――浅くなり、体に力がはいらなかった。

ベリーが、車をゲートに向けて走らせた。

「どこへ行くんだ?」ウィリアムズは、そっけなくきいた。

「ランチ」ベリーが答えた。

「そうか。腹は空いていない」

「わたしは空腹だ」ベリーが答えた。「けさは食事をするひまがなかった」

「マット、ほんとうにおしゃべりをしたりものを食べたりする気分ではないんだ。なにもやりたくない。話すことがあるのなら、はやくいってくれ」

「秘密保全できる場所へ行ってからだ」ベリーが、不愛想にいった。ウィリアムズは仕事以外のことをなにも望んでいなかったが、まさにそうなりそうだった。

　ベリーの車は駐車場を出て、五階建てのビル九棟が半円形を描いている国防兵站局《DLA》を文字どおりぐるりとまわった。この壮大な建築物は、ＤＬＡ初代長官アンドルー・Ｔ・マクナマラ陸軍中将にちなんで、マクナマラ本部施設群と命名されていた。建物正面は二階まで白く、上の階は赤茶色で、大きなリフレクティングプール、テニスコート、バスケットボールコートが表の敷地内にあるため、大学のキャンパスのような雰囲気がある。ＤＬＡは国防総省の一部門で、戦闘支援を提供する役目を担っている。経費を規制されずに莫大《ばくだい》な予算を使えるので、隠密の軍事作戦や技術的な作戦を命じられる数多くの非合法・秘密組織の資金源になっていると噂《うわさ》されている。外国とアメリカの指導者たちをスパイする汚い仕事がここで行なわれていると、オプ・センターやそのほかの政府機関はおしなべて推測している。一九五〇年代と一九六〇年代にJ・エドガー・フーヴァーFBI長官が行なっていたような脅迫、情報収集、政治取引を、現在はステファニー・ヒル長官がやっているといわれている。ヒル長官はあらゆる人間の秘密を知る力があるので、もちろんだれも公然とそれを口にすることはできない。

「冗談のつもりだったんだろう?」施設群の裏の広大な駐車場にベリーが車を入れると、ウィリアムズはきいた。

「あらたな任命のことか?」ベリーがきき返した。車をとめると、携帯電話を出した。「はいるときには、このEバッジを警衛に見せればいい」

ウィリアムズの携帯電話の着信音が鳴ったが、ジャケットのポケットから出そうとはしなかった。Eバッジが有効なのは、作動後の十秒だけだ。大きな失敗をもう一度重ねることはない。

エントランスに向かうとき、ウィリアムズの心は完全にそこにあるとはいえなかった。あとに残してきたひとびと、自分が築いたチーム、任務の周辺で営まれてきた暮らし、全員が払った犠牲、死のことを考えていた。オプ・センターという枠組みがなかったら、それらはすべてまったく意味をなさなくなる。自分たちは重要なものを創造するために、みんなで協力してきた――。

それなのに、わたしは彼らの期待を裏切った。そのことが、何度も脳裏に蘇った。自己憐憫からではないと、ウィリアムズは心のなかでつぶやいた。そういう結論から逃れられないからだ。さらに悪いことに、前にはほとんど気づかなかったことが、いまでは大きくのしかかっている。アフマド・サーレヒー大佐の目つき、引き結んだ口。防犯カメラにまっすぐ顔を向けていた。荒々しい決意をそうやって示し、干渉の代償はこれだと無言で挑みかかっていた。どんな行動にも反応は付き物だということを、残忍な行為でまざまざと見せつけられた。

ウィリアムズは無意識にベリーのあとからセキュリティー・チェックポイントを通り、エレベーターに乗って五階へ行った。ベリーよりも年上のウィリアムズは、知っている人間がいないことに、にわかに居心地の悪さを感じた。だれがどこへ行こうとしているのか、どんなデータやファイルや報告書が読まれているのか、自分はいったいどこへ連れていかれるのか、なにもわかっていない。軍服姿の男女は、そうではないひとびとよりもすこし年配のように見えた。軍はここを牛耳《ぎゅうじ》ることを目《もく》しているので、納得できた。だが、数時間前に起きたことで、個人的な影響や甚大な打撃を受けた人間がここにいるとしても、そのことで重圧を受けているようには見えなかった。ここでの仕事にはそういう資質が必要なのだろう。〈イントレピッド〉攻撃に軍や情報機関がどう反応するにせよ、不測の事態への公式な対応手順に沿って、車両、弾薬、人員をじゅうぶんに提供し、補給線を確保するのが、ここのひとびとの仕事なのだ。だから、物思いや哀悼にふける時間はない。

ウィリアムズの行き先へは、べつのエレベーターに乗り換えた。今度は下りだった。ロビーではなく、もっと下の階へ向かっていた。エレベーター内には階の標示がなく、ベリーの親指に反応するスキャナーがあるだけだった。ふたりはビルの形に沿っているように思える半円形の長い廊下に出た。そこでもおおぜいが行き来していたが、機器類をもっているものはおらず、話し声もなかった。ただうなずき合っているだけだった。軍服姿の人間は上よりもすくなかった。私服だからといって将校ではないとはいえない。身分を隠しているだけかもしれない。ウィリアムズははっきりと察知した——軍の情報関係者の直感といってもいい——ここでは兵站《へいたん》に関係する仕事は行なわれていない。

非合法作戦。秘密作戦。噂は当たっていることが多いが、この施設についてのいろいろな話も、どうやら事実のようだった。ウィリアムズは感心するとともに、長いつきあいのベリーがこれまでひとことも漏らさなかったことに、いくらかがっかりした。

ベリーは、ウィリアムズを狭い部屋に連れていった。ウィリアムズの人差し指をスキャナーに当てることによってドアがあいた――オプ・センターの秘密会議室とおなじように。なかにはいるまえに、ウィリアムズはドアを眺めた。部屋にはデスク一台、ノートパソコン一台、地上有線の電話機一台があった。ひとりの客用の椅子があり、壁にはなにもなかった。

ベリーがドアを閉めた。掛け金がカチリとおりてから、閂《かんぬき》がスライドする音が聞こえた。

「ここはきみが思っているような場所ではない。だれにもわからないはずだ」ベリーがいった。

ウィリアムズは、デスクの縁に腰かけ、まわりを見た。「わかるさ。錠前で気づいた」

ベリーはドアのそばに立ったままだった。「そうか？」

「電子的なデータなら、テクノロジーで護ればいい。二重エレベーター・システムや電子錠の門はいらない」ウィリアムズはいった。「そういうセキュリティを必要とする物的資産が四つある。要員、緊急作戦用のあらゆる書類を揃《そろ》えている偽造部門、武器が、そのうちの三つだ。ここは職員が出入りしているから、それではない。書類は外部の市場で買えばいいから、たぶんそれでもない。実験的な兵器には構造を強化する必要があるが、ここにはそういうものがないから、兵器でもない」額をドアのほうへ傾けた。「板張り、セキュリティ対策として内側を鋼鉄とグラスファイバーで強化、地階でカビ防止がほどこされている……オプ・センターとおなじように」天井の通風孔を見あげた。「生物兵器や毒物を保管するには、ああいう標準装備ではない濾過《ろか》システムが必要とされる」

「たいしたものだ」ベリーがいった。

ウィリアムズは首をふった。「平均点だよ。じわじわと仕事に戻れるように頭を働かせようとしているだけだ」

「それで、セキュリティを必要とする四つ目の〝もの〟はなんだ?」

ウィリアムズは、不意に叡智《えいち》と自信をみなぎらせて、ベリーを見据えた。「トネリコのパレット。大量の金塊」ウィリアムズはいった。「ここは後方支援施設だ。作戦をここから行なってはいない。作戦の資金をここから提供している」

ベリーがうなずいた。「そのとおりだ、チェイス。ビットコインなんてくそくらえだ。連邦準備銀行《フェド》や金塊保管庫《フォート・ノックス》を除けば、ここには国内のどこよりも大量の現金がある。作戦のためだけではない。はした金でジャーナリストを買収することから、革命の資金援助まで、想像できるあらゆるとんでもないことのためだ。きみがここで目にする人間は、ほとんどが会計士だよ」

「スパイよりもずっと目立たない。ここの連中はおおっぴらに暮らしを営んでいるから」ウィリアムズはいった。「何者で、なにをやっているか、だれもが知っている。だが、だれのためにか、ということは知らない」胸の前で腕を組んだ。「〈イントレピッド〉以前、ここはだれのオフィスだった？」

「わたしのだ」ベリーは答えた。「どのみち、もっと広いオフィスが必要だった」

「気づかなかったわたしが迂闊《うかつ》だった」ウィリアムズはいった。「きみは大統領の非合法作戦《ブラック・バッグ・オペレーション》（通常〝ブラック・バッグ〟は、不法侵入して盗聴器を仕掛けたり書類をコピーしたりすることだが、ここではもっと広義に使われている）すべてを扱っているんだな」

「なかなか難しい仕事で、重要な保険政策になる」ベリーはいった。「すべての骸骨《がいこつ》のありかを、わたしは知っている。現実の世界で自由に動くのにかなり役立つ」

「ハワードがきみに手出ししないのはなぜだろうと思っていた」ウィリアムズは、国家安全保障問題担当大統領補佐官を名指しして、そう評した。

「わたしがここでやっていることは、ボスですら正確には知らない」ベリーがいった。

「この廊下を歩いた首席補佐官のなかで、イーヴリン・グレイヴズがもっとも切れ者だったとはいえないが」

「彼女はそれ以外の骸骨がどこに埋められているかを知っている」ウィリアムズは水を向けた。

ベリーが、愛想笑いを浮かべた。

「つまり、政権はきみにマネーロンダリングをやらせている」ウィリアムズはいった。

「わたしは財政のことはよく知らない。わたしがここにいる理由は?」

「まさにそれが理由だ」ベリーは答えた。「DCの人間は、ひとりとして、ここできみを探そうとは思わないだろう」

ウィリアムズは眉根《まゆね》を寄せた。「わたしはターゲットなのか、マット?」

ベリーがその意味を悟るまで、一秒かかった。「ちがう。そうではない。すまない。そういうことではないんだ。たしかに、情報機関の連中は、きみのために汚点をつけられたのを恨んでいるだろうが、そこまで怒り狂ってはいないと思う」

ウィリアムズはほっとした。ワシントンDCの情報機関はすべて、サーレヒー大佐について察知できていなかったことを弁解しなければならないだろう。それに、イランがテロに資金を提供するだけではなく、積極的にテロを行なっているという風説がひろまったら、それについても損害防止策《ダメージ・コントロール》が必要になる。テヘランの宗教指導者たちがテロに関与すれば、世界の聖戦は砂漠や山地から先進国へと拡大する。

ベリーが下を向いて、狭い部屋のなかを歩きまわりはじめた。「それでも、チェイス、これに関しては、はっきりいっておく。きみのチームはしくじったし、それをだれもが知っている。今後はだれもきみと掛かり合うのを避けるだろうし、オプ・センターの人間をほかの部局に異動するのは、かなり難しいだろう」

「なのに、わたしはここにいる」ウィリアムズは目下の問題に話を戻した。いまはまだ、部下たちのことは考えたくなかった。彼らにとって、悪夢はけさ終わったわけではない。それを思うとぞっとした。多くは優秀でなんの過失もない情報部員だから、他の情報機関が競って雇おうとするだろう。しかし、サーレヒー大佐の監視とは無関係でも、つぎの職務を提示されないものが、何人かいるはずだ。ウィリアムズに近いアンのような人間や、そのほかの幹部は、名声を失う。民間セクターで仕事を探さなければならなくなるだろう。そして、ごく少数は——ことに、二重ローンがある世帯、収入源がひとりしかいない世帯、大学生がいる世帯、クレジットカードの負債が大きい世帯——は、外国の諜報員《ちょうほういん》が惹かれる好餌《こうじ》になる。金《きん》や現金が豊富にある国は、ほかにもある。敵国ばかりではなく、イスラエル、日本、サウジアラビアのような同盟国にも目をつけられる。自分に特定できる名前、情報、戦術、一般に知られていない施設を教えれば金を渡すと、連中は失業者に持ちかける。金を受け取ったアメリカ人は――二、三人がその気になるかもしれない――その後、接触され、刑務所へ行くか、それとも自分の人脈に偽情報を流すかという選択を迫られる。

腐り果てた稼業だと、ウィリアムズは思った。

「なにかいったか？」ベリーがきいた。

「わたしはここにいる」ウィリアムズはくりかえした。

「ああ、ちょっと思ったんだ――気にするな」ベリーはつづけた。「きみがここにいるのは、ここではだれにも顔を知られていないからだし――やらなければならないことがあるからだ」

「だれのために？」ウィリアムズはきいた。

ベリーが、また言葉を切った。ウィリアムズの顔を見た。「きみ自身のためだ、チェイス。それから、大統領のためだ。きみに同情してやっているのではない。わたしが承認したのは、きみがわが国で最高の情報機関の長官だからだ。船長は船と運命をともにするものだが、氷山に激突させたのはきみではなかった。責任は」――宙で片手をふり、長いあいだ鬱屈《うっくつ》していた欲求不満をあらわにした――。「責任は政府全体にある。テクノロジーと、経験が浅く給料が安い専門職に頼り過ぎている。その連中と彼らのアルゴリズムに過度な期待を寄せている」ベリーは歩きまわるのをやめて、ウィリアムズを見た。「もちろん、われわれ年配者も厄介な問題を抱えている。これを長くやりすぎたせいで、内部に敵をこしらえた。たとえば、ジャニュアリー・ダウだ」

「よくわかっている」ウィリアムズはいった。「その情報は見逃していない」

「では、要点に戻ろう。邪魔がはいらずに、わたしがことを進められるようなら」ベリーはいった。「大統領はきみを知っている。わたしはきみを知っている。ジャニュアリーが〈イントレピッド〉の防犯カメラの画像を見せつけたとき、わたしたちはふたりともおなじように反応した」

ベリーがいう前から、ウィリアムズには察しがついていた。

「あのくそ野郎を追えというんだな」ウィリアムズはいった。

「きみにはだれよりも強い動機がある」ベリーはいった。「それに、だれよりも」つけくわえた。「優秀なチームを持つことになる」

4

ノースカロライナ州フォート・ブラッグ
七月二十二日、午前十二時二十二分

「伍長《ごちょう》、わたしを痛めつけなさい」

アメリカ陸軍特殊作戦コマンドのグレース・リー中尉は、身長一五七センチで、ゆるめのスエットの上下を着ているので、いっそう華奢《きゃしゃ》に見えた。リーは二十六歳で、黒い髪を軍隊式に短く刈っていた。頭のてっぺんは芝生のようで、側頭部はバリカンで刈りあげてあった。焦茶色の目は、真剣なまなざしのせいで、ほとんど黒に見えた。

リーは、男七人、女ふたりの輪のなかに立っていた。全員が第1特殊部隊コマンド（空挺《くうてい》）に属し、全員がリーよりも体が大きかった。リーは、輪のなかに立っていた、新兵のなかでもっとも筋骨たくましい男をけしかけていた。熊手《くまで》をかけて石を取り除き、倒れてもいくぶん当たりが弱くなるように鋤《す》き返してある地面で、その伍長がリーと向き合った。

アンディ・〝巨獣《ビヒモス》〟・エヴァンズ伍長は、身長一九六センチで、体重はリーの倍以上だった。ビヒモスは大人になるまでずっと、奥義を会得している武術家と対戦したいと思っていた。自分の巨体と筋肉に打ち勝てる人間がいるとは思えないというのが本音だった――まして、短い自己紹介でカンフーの有段者だといった、目の前に立つこの女が、いくら階級が上だろうと、自分に勝てるはずがないと思っていた。しかし、彼女は受けて立つことができると思っているようだった。武器なしで、その小さな両手だけで。そのため、ビヒモスはためらった。彼女を見下ろしていると、その場であっさりふたつに折ることができそうだった。

「伍長」若いビヒモスが動かないので、リーが促した。「命令したのよ」

「中尉、立ち稽古《げいこ》にしませんか？」ビヒモスはきいた。

まわりで低い忍び笑いが起こり、怪我《けが》をするのを恐れてそうきいたのだと思われていることに、ビヒモスはにわかに気づいた。

「早く攻撃しないと――」

ビヒモスが動いた。突進する熊のように、両腕と上半身すべてで襲いかかったが、つぎの瞬間には、小さな両手で肋骨《ろっこつ》の上を押さえられて前進できなくなっていた。つづいて、リーの右前腕が胸骨の上をまっすぐに登って、掌で顎を押し、激痛とともに首を仰向《あおむ》かせた。脈がひとつ打つあいだに、リーの右踵《かかと》がひかがみに叩《たた》きつけられ、ビヒモスの右脚が曲がった。リーの足が地面を踏み、ビヒモスのうしろで膝を曲げた。胸骨についた腕を支点にして、リーが片手でなおも顎を押しあげたため、ビヒモスはリーの膝の上を越えて仰向けに倒れ、腰のうしろを地面にぶつけて、ウッと大きく息を吐いた。

「中断する」リーはビヒモスに命じてから、あとの兵士たちに向かっていった。「わたしの正面攻撃は、つぎのような手順から成っている。一、虎口《フウコウ》（親指と人差し指のあいだの水かき）を使用。のばした両手が、わたしの体幹のエネルギー、気を引き出して、阻止力を発揮。筋肉は使わず、必要としない。二、虎形掌底《しょうてい》打ち――やはり体幹から発し、相手の体の中心に沿い、もっとも攻撃に脆《もろ》い場所、顎に達する。それで相手の中心を制御し」上を指差して、つけくわえた。「なにも役に立たない方向に目が向くように仕向ける。最後に、蛇脚。相手の脚に脚を巻きつけ、かかとでひかがみを打ち、相手が膝関節を曲げるようにする。そして、右脚を三日月ステップで相手のうしろに入れ、膝から上を使って直線をこしらえる。顎を押しつづけ、仰向けになるよう勢いをつけると、相手は倒れることしかできなくなる」

リーは、ふたたびビヒモスのほうを見おろした。

「そこから、もう一度やってみたい？」リーはきいた。「格闘戦について知っていると思っていることが、かえって自分の不利になるのを、頭に入れておきなさい」

大男の新兵は、ためらわずに地面から起きあがって、教官のリーに跳びかかった。大きな腕をリーの両脚の膝の下に巻き付け、引き寄せた。リー中尉はそのまま倒れた――肘《ひじ》を地面に向けてまっすぐに。肘の硬い骨をビヒモスの左右の肩甲骨《けんこうこつ》のあいだに打ち込み、悲鳴をあげさせ……脚から腕を離させた。

「その一点も、膝とおなじように反射的な動きを起こさせる」立ちあがりながら、リーはいった。「杭《くい》打機みたいに圧力をかけると、両腕がおもちゃのアクションフィギュアみたいに左右にひらく。それでこっちは解放され、相手は攻撃に脆くなり、踵で指を押し潰されたり、ニードロップで首を折られたり、そのほかのさまざまな重傷を負ったりする。力ずくの攻撃は、どういうふうに使っても、ぜったいに技に打ち勝つことはできない」

リーは、ビヒモスが立つのに手を貸した。ビヒモスは攻撃でほんとうにふらついていた。

「ここではそういうことを学ぶ」土埃《つちぼこり》にまみれたビヒモスが、仲間——もうくすくす笑ってはいない——のところへ戻ると、リー中尉はいった。「獰猛《どうもう》さや筋力よりも、気と型を重んじる。格闘戦を六週間やり、それからナイフでの戦闘を二週間やる。これから二カ月間、おまえたちは痛い思いをする。切り傷を負う。痛みを楽しみ、進歩の代償の教訓だと思うようになる。警戒を怠《おこた》ってはいけないことを学ぶようになる。周囲の敵対するエネルギーに対する鋭敏な感受性を身につけるようになる。自分と軍隊の同志だけではなく、日常生活で一般市民にも気を配らなければならない、さもないと、例のイラン人テロリストのような人でなしが——」

リー中尉の話は、スマートフォンの独特な着信音に遮られた。チベットの歌う鉢《シンギング・ボウル》（お鈴のたぐいの仏具）のよく響く低い音。リーは断りをいって、新兵の輪の外に置かれたテーブルへ走っていった。そこにスマートフォンが置いてある。スマートフォンを持って顔認証でロックを解除すると、一行のメッセージを読んだ。

ブラック・ワスプ

「メネンデス、交替して！」リーはもうひとりの女性教官に向かって肩越しに叫び、特殊作戦訓練所の建物に向けて走っていった。

5

カリフォルニア州キャンプ・ペンドルトン
七月二十二日、午前九時四十七分

午前中の事件にもかかわらず――いや、むしろその事件があったので――海兵隊第15海外遠征部隊広報将校のピート・タルボット大尉は、FOXニュースとのアポイントメントを守るのは重要だと思った。アメリカ軍の迅速な派兵についての番組は、ひさしぶりに時宜を得ている感じだし、ペンドルトンの上層部も国防総省も、視聴者を安心させるのが重要だと感じている。

熱心な職業軍人のタルボットは、部隊きっての名狙撃手《そげきしゅ》たちの実演が見られるように、テレビ局のクルーを野外で案内した。

「第15は、地域の統合軍司令官の要求に応じて危機対応と指定された特殊作戦の両方をいかなる戦域でも実行できる、海上配備の海兵隊空地タスク・フォースを提供しています」完璧《かんぺき》に練りあげられた部隊方針についての声明を、タルボットはひと息で述べた。「そういう広範囲な軍事任務では、作戦域をわれわれの狙撃手要員が安全な距離から掃討することが不可欠です」

インタビュアーのアマラ・ホリデイが、〝狙撃手要員《シャープシューター・パーソネル》〟という表現にあきれて、ちょっと目を剥《む》いた。そういうやたらと長い公式用語を使うせいで、軍の職務は一般にはなじみにくくなっている。

いったいいつになったら、遠くからターゲットに命中させることができる兵士を、〝狙撃手《シャープシューター》〟とひとことで表現できるようになるのだろう？　とアマラは思った。どうして〝要員《パーソネル》〟とつけくわえるのか？

それをきくような無作法なことはやらない。無用の言葉を重ねて知識が豊富だと思わせたいのが、ここの流儀なのだろう。同僚のレポーターたちもオンエアでやっている——〝午後の時間《アフターヌーン・アワーズ》〟、〝降雨事象《レイン・イヴェント》〟、〝健康状態《ヘルス・コンディション》〟、〝多数のひとびと《マルティプル・ピープル》〟。つけくわえられる言葉はすべて、じっさいにはなんの意味も付け足していない。ここで撮影される狙撃手たちは、毎回おなじ場所に二、三発撃ち込むように命じられたら、どういうだろうかと、アマラは思った。保険？　それとも過剰殺戮《さつりく》？

タルボットがだらだらとしゃべるあいだ――あとで編集するときにちゃんと聞けばいいと思いながら――アマラはタブレットをちらりとみた。射場にすでに立っている男の履歴書が表示されていた。ジャズ・リヴェット兵長は、ケイジャンの血を引くロサンゼルス生まれの二十二歳で、十歳のときに食品雑貨店強盗を店主の三八口径で阻止し、自分は拳銃《けんじゆう》の射撃が上手だということに気がついた。二発が発射され、強盗ふたりがいずれも腰のおなじ場所を撃たれて倒れた。ロサンゼルス市警がジャズに銃砲安全プログラムを受けさせ、ジャズはそこの少年射手プログラムで抜群の成績を収めた。二十歳で海兵隊に入営してから、優秀小銃射手表彰、優秀拳銃射手表彰、その他の多数の表彰と勲章を勝ち取り、カナダの統合タスク・フォース2の狙撃手がISIS戦士を撃って二〇一七年に打ち立てた最長射殺記録三九〇ヤードを目標にしていると告げていた。

「このひとは人間？　それとも機械？」アマラは思ったことを口にして、タルボットの長広舌を遮った。

「なんとおっしゃいましたか？」タルボットがきいた。

「リヴェット兵長のこと」アマラはいった。

「人間ですし、すばらしい男です」タルボットがアマラにいった。「シングルマザーに育てられて貧乏だったのを思えば、天職を見つけて、海兵隊で実りのある満足できる仕事をやる手段をあたえられたことは、またべつの短い番組――」

「待って。彼、どこへ行くの？」アマラが突然きいた。

タルボットは、うしろをちらりと見て、「わけがわからない」といった。

タルボットは、リヴェットの指揮官にメールして、どこへ行こうとしているのかときいた。きわめて短い返信がすぐに届いた。

「すみません」スマートフォンの画面を閉じて、タルボットはいった。「個人的なことだそうです。班がすぐに代わりをすぐによこすでしょう――リストを見てくれれば、マリア・プリメラになるはずです」

タルボットがそういっているあいだに、女性兵士が射場に向けて走ってきた。タルボットは、中断などなかったかのように、第15の即応性が高いことをいいつづけた。だが、リヴェットは単語ふたつのメッセージの意味を知っていた。それはどの暗号帳にも載っていない言葉だった。

ブラック・ワスプ

6

ヴァージニア州シャーロッツヴィル
法務総監部隊司法研究所・法科大学院
七月二十二日、午後十二時五十分

ハミルトン・ブリーン陸軍少佐は、自分の人生が気に入っていた。付き合っている女性——アンドルー・ジャクソンに入れ込んでいるアメリカ史教授のイネス・リーヴィー——が好きだったし、住まいと仕事場があるヴァージニア大学のキャンパスも気に入っていた。昔の南部の息吹が漂う風格があるキャンパスは、ブリーンが育ったフィラデルフィアのおなじような風格がある古い建物を彷彿《ほうふつ》させた。子供のころ、独立記念館に程近いスプルース・ストリートの褐色砂岩《ブラウンストーン》張りの建物に住んでいたブリーンが最初に学んだのは、ベンジャミン・フランクリン、トーマス・ジェファーソン、ジョン・アダムズの事績だった。独立宣言の最初の草稿――ジェファーソンの手書きの草案にアダムズとフランクリンが最低限の改定を書きくわえたもの――が、国立公文書記録局にあることを物の本で読んで知ったブリーンは、ワシントンDCの公文書館で展示されるときに見たいから連れていってほしいと、両親に懇願した。他人の思考プロセスにはいり込む方法を、ブリーンはそのときにそこで直観的に知った。その偉人たちの肩越しに見ただけではなく、彼らがどう考えたかを学んだ。彼らの人生と時代、価値観と理想を、彼らの目を通して見た。その感情移入に計り知れない価値があることは、その後のブリーンの仕事人生でも明確に示された。

もっとも重要だったのは、読書によってジョージ・ワシントンに導かれたことで、ワシントンの人生と職歴のことが頭から離れないようになった。ワシントンは、アメリカの独立という問題を双肩に担っていた。その両手に決断がゆだねられていた。あらたに築かれた国を、どのような形の政府が主導するのか。ワシントンは皇帝になることもできた。だが、大統領になることを選んだ。謙虚さと鋭い洞察力、犠牲と叡智が働いた、驚異的な瞬間だった。

当時もいまも、ブリーンは建国の父たちの何人かが奴隷《どれい》を所有していたことについての議論には、くわわろうとしなかった。ブリーンが知り、尊敬し愛しているひとびととおなじように、彼らも不完全な人間だった。だが、だからといって彼らが抱いていた叡智、勇気――そして理想像は毫《ごう》も変わらない。さまざまな欠点はあっても、何世紀にもわたって自由世界を導く光の役目を果たしている国を、彼らは創りあげたのだ。

ブリーンは、アメリカという国のことを、ものすごく真剣に考えていた。アメリカの国防のこともきわめて真剣に考えていた。そして、もっとも真剣に考えていたのは、アメリカの法律のことだった。それがなかったら、すべての物事が個人の主観で動かされ、制御不能の混沌《こんとん》に陥るからだ。そこでブリーンは弁護士に、犯罪学者になった。そして、ジョージ・ワシントンが設立した法務総監部隊《JAG》にくわわり、ＪＡＧ司法研究所で学生たちに教えるようになった。若者たちはここで、軍の刑事法から国際法に至るまで重要な法律の分野すべてを学ぶ。好奇心と幅広い知識が重要なのは、公判が――人生や仕事もおしなべておなじだが――弁護士の知識がどれほど豊かであるかということに左右されるからだ。航空機の仕組みから人間の視覚の正確さに至るまで、『聖クルアーン』からビットコインに至るまで、地球の地形から月の満ち欠けに至るまで、あらゆることについてその場で即興に弁じなければならない。優秀な弁護士はデータを集めて蓄積する。だが、ブリーンがなによりも望んでいるのは、自分をこれまで導いてきた理想をそこに植え付けることだった。

　仕事の面でブリーンが唯一楽しめないのは、夏のはじまりだった。二度の学期の速度と真剣さが不意に停止し、その後の三カ月はもっぱら、研修生との研究か、特定の科目か技倆《ぎりょう》を必要とする将士のこれまでの教育の疎漏《そろう》を補塡《ほてん》するのに使われる。だれもが礼儀正しく熱心に学んではいるが、少数の正規の法務官に見られるような情熱を目にすることはめったにない。

　しかし、中だるみの夏にも効用はあり、ブリーンはそのあいだに法科学の技倆を磨くことができた。天職でもある趣味を持つのは有益だし、友人のヴァージニア大学警察署のボブ・フェンダー署長と過ごすのは楽しかった。ふたりはさまざまな植物の香りを嗅《か》ぎながらキャンパスを散歩し、ときどき学生――警察か軍あるいはその両方の人間と揉《も》めていることが多い――と交流した。フェンダーはブリーンより五つ年上の四十二歳で、やり合うことなく話を聞く辛抱強さがあった。だが、ブリーンは、敬意を示しながら議論するのを楽しんだ。

　いまふたりはマンハッタンの事件のことをじっくり考えていて、法執行機関の活動がじゅうぶんではなかったためにこういう攻撃を予想できなかったことを嘆いた。

「これまで何年ものあいだ、われわれは物事を予防する側にまわっていた」フェンダーが意見をいった。「データ、分析結果、動向をわれわれは見ている。だとすれば、なにが欠けているんだろう？」

「人的情報だ」ブリーンはためらわずいった。「彼らは直感や本能を捨て去り、衛星画像やソーシャルメディアの傍受にかまけている」

「だが、その手の情報収集が、ますます大きな成功を収めていることもたしかだ」フェンダーはいった。「それに幸運が重なり、テロリストの世界の八八パーセントを監視している。以前は九パーセントないし一一パーセントだった。われわれはテロ活動の大部分を突き止めている。とにかく大規模なものは大部分つかんでいる」

「それは事実だ」ブリーンは同意した。「独立宣言に謳われている権利と目的が継承されていないことが受け入れられないだけだ」

「生命、自由及び幸福追求？」

「それだけだ。すがすがしく、単純だ」ブリーンは答えた。

「幸福といえば、きみは定期的なサバティカルを使うのか？」

「使うと思う」ブリーンはきっぱりといった。「第五代最高裁判所長官ロジャー・トーニーの草稿が、ミズーリ州の法律文書保管所にある。それを読みたい」

「格別な理由があるのか？」フェンダーがきいた。

「トーニーは、ドレッド・スコット対サンフォード事件で、合衆国政府には奴隷制の拡大を制限する憲法上の権利はないとする判決主文を書いた」ブリーンはいった。

「どうやってその結論に達したのかを読み解きたい」

「その時代の気運を抜きにして、ということだな」フェンダーはいった。「なかなか難しいだろう」

「好むと好まざるにかかわらず、いまのわれわれと、われわれの置かれている立場は、多少なりともその判決の影響を受けている」ブリーンはいった。「現在の考えしか考慮しない人間は、叡智をないがしろにして情報だけを得ている」

「きみはそれを学生たちにいうのか？」

「すべての授業で」ブリーンは笑みを浮かべた。

フェンダーは首をふった。「いまどきはやらない意見を唱える人間に反論する機会を学生にあたえることを、ここでもすべての大学でも、使命にすべきだ。ところが、わたしたちは彼らに迎合してしまう。わたしがどうしてきょうここに来たか、わかるか、少佐？　わたしが姿を見せれば、警察署長がキャンパスに目を光らせているから危険ではないと職員や学生が安心すると、オクスダイン学長が思ったからだ」首をふった。「署の危機管理室で防犯カメラの映像を見ているほうが、ずっとましな仕事ができるのに」

「まあ、物理的な存在にも心理面での効果はある」ブリーンはいった。「昔ながらの警官のパトロールみたいに」

「パトロール警官の仕事は、道路の隅にいる酔っ払いを追い払うことだ」フェンダーが、声をひそめていった。「簡易爆発物《IED》を仕込んだエナジードリンクの空き缶を探すことじゃない。テロ攻撃後に、オクスダインがわたしになんていったと思う？　ＦＩＴシステムの入手を検討できないかというんだ」

「あのリベラルのライオンがそんなことを？」

「学年のはじめに〝国民大衆のプライバシー〟が重要だと、まったく相反する演説をした女性学長ご本人がね」

指紋認証テクノロジー《FIT》は、民間会社が創出したプログラムで、現在はジョージア州フォート・ベニングで実地テストが行なわれている。すべての将兵の指紋がスキャンされ、基地のあちこちに特殊なリーダーが設置されて、ゴミ、ドア、手摺《てすり》の指紋のなかから、ファイルにないものを選《よ》り出す。防犯カメラの動画が自動的に巻き戻されて、その指紋を残した外部の人間を突き止め、簡便な脅威査定を提供する。

「ＦＩＴはすばらしいテクノロジーだが、大きな欠点がひとつある」フェンダーはいった。

「温暖な気候でないと有効ではない」ブリーンは答えた。「それでも、八八パーセントにある隙間《すきま》を埋められるだろうし、ミトンリーダーも開発されているだろう。分光器的にはそのほうが簡単だろうが、データベースの構築に手間がかかる」

フェンダーが溜息をついた。「わたしが訓練されたような分野ではないんだ、少佐。それにこの若者たちは」広い範囲を示していった。「実世界に跳び込む前から、影に怯えるようになる」

銃火の洗礼を受けるのも役に立つといおうとしたとき、ブリーンのスマートフォンの着信音が鳴った。騎兵隊の突撃ラッパという独特な音だった。

「新機軸だな」それを聞いて、フェンダーがいった。

「ああ、それに、出ないといけない」ブリーンはいった。「失礼するよ、署長」

「わたしは散歩をつづけるよ」フェンダーが、愛想よくいった。

ブリーンは向きを変え、歩いて遠ざかった。戻ってくるとはいわなかった。自分の宿舎へそのまま行った。三時間前から、ある程度まで予期していたことだった。〝サバティカル〟は思っていたよりも早く開始される。自分のこれまでの訓練がすべて生き生きと蘇り、興奮が高まるのを感じた。宿舎に着いて、クロゼットから非常持ち出しのために準備していたカンバスのバッグをつかんだときにようやく、確認のためにメッセージを見た。

ブラック・ワスプ

7

サウジアラビア、ジーザーン
七月二十二日、午後九時

紅海に面した港湾都市ジーザーンは、古めかしく危険な土地だった。サウジアラビア王国沿岸の農業地帯の役割を果たしているとともに、その地域で唯一の法が護られている文明都市だった。避難民がよく使う道路を短時間走ると、その海沿いの安全地帯のすぐ南に長さ八〇〇キロメートルに及ぶイエメンとの危険な国境がある。聖戦主義者《ジハーディスト》の武装組織フーシ派――別名神の支持者《アンサール・アッラー》――の勃興以来、崩壊したイエメンは十年近く、シーア派分派のザイド派であるフーシ派だけではなく、アラビア半島のアルカイダなど、多数のテロ集団の根拠地になっている。

サウジアラビア軍が国境沿いに配置されているが、山の麓《ふもと》の低山地帯は支配できていない。統治者に関係なく遊牧民が国から国へと移動し、地元住民にとってはカットという麻薬だけが収入源だった。自生しているものもあるカットは、興奮性物質を含んでいて、噛《か》んだり湯にひたしたりして広い地域で使用されている。サウジアラビアがおもな市場のハシシ、カンナビス樹脂、アヘンとともに、カットはイエメンのテロリストの主な収入源だった。もうひとつの稼ぎは、誘拐によって得られる。外国人が頻繁《ひんぱん》に拉致《らち》され、監禁され、食事、水、医療、宿泊場所が粗末であるために、帰されるときにはたいがい健康を害している。

三つ目の収入源は、イランだった。シーア派国のイランは、スンニ派国——中東ではエジプト、サウジアラビア、アラブ首長国連邦、ヨルダン、カタール、シリアに至るまで、ほとんどがスンニ派——とひそかに、あるいはおおっぴらに、戦争を行なっている。現在では、イランの西の同盟国イラクだけがシーア派勢力が強い。イエメンはどういうわけか両派に同等に二分されて社会政治的な危機がつねに荒れ狂い、地球上でもっとも危険な地域だと見なされている。

イエメンでは、狭い行動範囲を出る人間はほとんどおらず、安心して行動できる人間は、さらに少数だった。そのうちのひとりが、たんにサーディーと呼ばれているムハンマド・アビード・サーディーで、かなり広範囲に影響力を及ぼしていた。小柄で五十歳のサーディーは、フーシ派に属し、表向きは紅海、バブ・エル・マンデル海峡、アデン湾で幅広く営業しているサーディー海運の経営者だった。サーディーはイエメン最大の都市サナアに事務所を置いているが、身の安全のために一度も行ったことがない。アメリカのイエメンでの空爆は大胆になる一方で、アラビア半島のアルカイダの指導者の多くが殺された――サーディーが知っている男たちだった。対外作戦を統括していたミクダード・アッサナアニーは、バイダー県で殉教した……その副官だったハビーブ・アッサナアニーは、マアリブ県で非業の死を遂げた……ダァワ（宣伝し、布教や忠誠を呼びかけること）委員会の委員だったアブー・ウマル・アッサナアニーは、バイダー県で殺された。いずれも大きな損失となった。そのため、たえず外部から熟練者を勧誘しなければならない。それはサーディーがもっとも楽しんでいる仕事だった。イスラム教徒の男の心に訴えて、自分の情熱で昔の伝統を活気づける。最初はコンピューターや携帯電話を使って、遠隔で行ない、そのあとでじかに面接する。

　自分の経験と才能を葬られてはならないことを、サーディーは心得ていたので、一九九四年に設立を手伝ったサバア大学の豪華な地下壕《ごう》に住んでいた。大学は一年中、若者たちがさかんに動きまわっているので、ミサイルか無人機で攻撃すれば、結果に見合わない激しい非難を浴びるはずだった。

サーディーが身を潜めるのに満足していたのは、自分が熱中している活動をそこのハイテク施設から指揮できるからだった。ひとつは世界中のシーア派に武器を密輸することで、もうひとつは若い男や女の人身売買だった――利益を得るとともに、重要な目的を果たすために。

いまもそれをやっていた。

サーディーは、狭い部屋のまんなかで素朴な木の椅子に座っていた。窓はなく、ドアは一カ所だけで内側からロックされていた。四隅に照明があり、部屋の中央の頭上にある照明がまぶしかった。どの照明器具も、古代のベドウィンのテントにあるような形式の凝った装飾をほどこした手作りのランプを模していた。派手な模様の敷物が床の大部分を覆い、つづれ織りにはさまざまな時代のアラブの海運が描かれていた。

サーディーは黒い寛衣を着て、白いぴっちりしたクーフィーをかぶっていた。白髪交じりの顎鬚は、鎖骨の上で切りそろえてあった。ひと握りよりも多い毛髪は、法に背くだけではなく嫌悪すべき《マクルーフ》ことだと、サーディーは熱狂的に信じていた。それはサーディーがけしからぬと思っている数多くの事柄のひとつで、女が公の場で顔を覆わないこともそこに含まれていた。そういう女、ことに反抗的な若い女が、信頼できる部下の目にとまったときには、尾行され、拉致されて、ここに連れてこられる。

いまサーディーの前にいる娘は十六歳で、欧米風の服装だった。簡単な白いヒジャーブ（ベール）をつけているだけでは、サーディーは納得しなかった。しかも、その娘は働いていた。市場で自家栽培のレモンを売っていた。家に帰る途中で、彼女は捕らえられた。

「そういう服装が、慎みがなく無礼だということに、おまえは同意しないのか？」ささやきよりもかすかに大きい声で、サーディーがきいた。

華奢な体つきの若い娘は、うしろで両手を握り合わせ、泣いてはいなかったが、ふるえていた。恐怖と寒さのせいだった。表の気温は三〇度を超えていたが、その部屋はエアコンで快適な温度だった。どこかうしろのほうのべつの部屋から、発電機の低いうなりが聞こえていた。

「どう答えればいいのでしょうか？」娘が、途方に暮れて答えた。

「正直にいえ」サーディーはうながした。

「同意すれば、罪を犯していたのを認めることになります。同意しなかったら、いま罪を犯していることになります」

サーディーの顔には、なんの感情も表われなかった。太く真っ白な眉の下から、鳶《とび》色《いろ》の薄い目で見つめただけだった。

「おまえの答は？」サーディーはきいた。

「許してくださるようお願いいたします」ちょっと考えてから、娘はいった。「すべてのひとびとのなかの規律正しいかたと貴い『聖クルアーン』のお導きを受けるのを手伝ってくださるよう、お願いいたします」

サーディーは、その返事について考えながら立ちあがった。椅子のうしろにまわされていた右手が出てきて、ヒッコリーの細くしなやかな笞《むち》を握っていることがわかった。近づきながら、サーディーはそれを宙でふった。

「おまえは利口すぎる」サーディーはいった。

笞がもう一度空気を切り裂いたとき、娘があとずさった。「わたし……そんなつもりでは」娘がいった。

「おまえの罪と嘘《うそ》が、わたしの目と耳を汚している」声を荒らげて、サーディーがいった。笞の両端を左右それぞれの手で握ったとき、娘が鋼鉄のドアにぶつかった。

「罪を償うのだ。四つん這《ば》いになれ」

娘がふるえながら床に手足をついて、サーディーに頭を下げ、勇気を奮い起こそうとして、泣きながら親しいものの名前をつぶやいた。

最初の一打がブラウスを切り裂き、娘の声がとぎれて、涙混じりの言葉が不明瞭《ふめいりょう》な甲高《かんだか》い叫びに変わった。二打目で腕の力が抜けて、敷物の上に顔が当たった。三打目で両手が突き出されて、引き裂かれた皮膚を護ろうと、ぎこちなくうしろにまわされた。四打目で娘は意識を失った。五打目で血飛沫《ちしぶき》がドアと敷物のかなりの部分を覆った。

三十分後、その娘ハニーファ・アルフィシーは、意識を失い、やっと呼吸しているだけの状態で、通りにうつぶせに倒れているのを発見された。白いシーツに覆われていたが、彼女の血がしみて乾き、へばりついていたために、剝がせば皮膚がめくれるおそれがあった。

翌日、いつもよりもずっと多くの客が、市場でアルフィシーのレモンを買った。娘の父親アリーに一個あたり十四リアルも払った。娘が生き延びるために必要な包帯と塗り薬をまかなうためだった。

沈痛な顔の無口な父親に言葉をかけるものは、ほとんどいなかった——話しかけたものは、できるだけ小さな声で容態をたずねた。力なく肩をすくめるのが、父親の返事だった。ひとりが大胆にも、店を離れる前につぶやいた。「何事にもそうやって答えるしかないんだな?」

8

ヴァージニア州フォート・ベルヴォア・ノース
七月二十二日、午後二時二十分

マット・ベリーは、チェイス・ウィリアムズが自分の車に乗れるように、オプ・センターの駐車場に連れ戻した。まだだれも退勤していなかった。ジャニュアリー・ダウの国務省の部門も含めたさまざまな情報機関の人事部のチームがやってきて、職員と話をし、あらたな職務にどう服するかを指示することになっていた。ウィリアムズは、彼らといっしょにいたいと思った。指揮官は部下とともにあるべきだ。

アンや、作戦部長のブライアン・ドーソン、情報部長のロジャー・マコードのようなもっとも親しい何人かとは、ふたたび会えるはずだとわかっていた。そのほかの職員、ことにアーロン・ブレイクやテクノロジー・チームと会うのは、ぎこちなく、短いものになるだろう。彼らは政府勤務の経験がほとんどないから、いったん壊れた組織を懐かしんで再会したり、映画や野球を見にいったりはしないはずだ。

ブーツで尻《しり》を蹴飛《けと》ばされて、行ったところへ行くしかない。

そこを離れてホワイトハウスに戻る前に、ベリーはウィリアムズに三つのパスワードを教えた――三つとも毎日変えられ、前の晩にウィリアムズの秘密保全措置をほどこした個人用携帯電話にメールで伝えられる。ベリーは、パスワード三つとともに、明確であけすけな指示を残していった。

ベリーが教えたひとつ目のパスワードは、廊下の両端にある軽食と飲み物の自動販売機を使うためのものだった。

「莫大な現金が貯蔵されているが、どんなことでも小銭からはじまる」ベリーは説明した。

ふたつ目は、洗面所のパスワードだった。四カ所あり、ジェンダーフリーになっている。パスワードを変更することで、そこまで行けた外部の人間が、べつの日に仕掛けたスパイ機器を回収するのを妨げることができる。洗面所が危険なのはタブレットを持っていって仕事をつづける人間の多い場所だし、キー操作を遠隔で読みとることができるからだ。

三つ目のパスワードは、ウィリアムズ自身のオプ・センターのファイルへアクセスするのに使う。読み取り専用で、アクセスはいかなるときでも無効にされない。

「けさきみが読むことができた情報すべてを、今後も読める」ベリーはいった。「〈イントレピッド〉事件、サーレヒー大佐、テロ攻撃について判明した事柄と関係がある複数の部局のファイルにもアクセスできる。わたしのアクセスに便乗することになる、チェイス。これらの部局の人間はだれも、きみがいまも仕事をつづけていることを知らないし、きみと新しいチームがオプ・センターの後継だということも知らない。だれかにきかれたら――元の同僚かだれかと、〈ウェグマンス〉か〈ウォルマート〉でばったり会ったら――コネを使ってＤＬＡで働いているといってくれ。それが事実なわけだから」

「マット、きみがやってくれたことには感謝しているが、目標をくれたというよりは、この仕事を押しつけられたような感じだな」

「そんなつもりはないが。たしかにそうかもしれない」ベリーは答えた。「ミドキフは再選に出馬しないが、わたしにはまだ今後の仕事人生がある。ここでなにかまずいことが起きたら、それが危うくなる」

「わかった」ウィリアムズはいった。

「パスワードを入力すると」車で走り去る前に、ベリーがいった。「チームが知る必要があるデータが最初に出る。それに最初の会議の時間と場所も含まれている——すでに連絡してある。ああ、そうだ」つけくわえた。「〝連絡〟で思い出したが、ターゲット捜索で他の部局がオフレコでやりそうなことを、できるだけ通知するようにする。足をひっぱり合わないようにするためだ。それ以外のとき、きみとそのチームは、独立している」

「〝そのチーム〟といったね。〝わたしの〟チームではなく？　わたしがすべてを知っておくべきではないのか？」

「知っておくべきことは、ファイルだけだ」ベリーがいった。「しかし、これはいっておく。きみは軍と問題を起こした人間といっしょに働くことになる。従来の特殊作戦チームに順応してしまうと能力を発揮できないような優秀な人間を、きみならどう扱うかな？」

「国防総省がその答を出したというんだな？」

「きみもわたしも知っているように、あそこでは枠にはまらないことを、数多く考えているからな」

「そうだ」ウィリアムズはいった。「そして、それに沿って実際に行動することはめったにない」

「今回はそれをやったんだよ」ベリーがきっぱりといった。「ほかに質問か意見は？」

ウィリアムズは首をふった。ベリーはウィリアムズのことをよく知っているので、今回の任命に彼が驚くとともに傷ついているのを見抜いていた。ターゲット追跡から締め出されていたら、それ以上に苦悩したはずなので、多少は感謝もしてくれているだろう。しかし、オプ・センターが解隊されて、魚の骨のような小さなかけら、目に見えないちっぽけなものしか残らなかったことを、恨む気持ちのほうが強いはずだ……今回のオプ・センター解隊劇は、ジャニュアリー・ダウが政治的な力を見せつけたためにそうなった。サーレヒーを片付けたら、ウィリアムズはあの権力狂いの職業政治家の皮を剝ぎたいにちがいない。悲惨な事件を個人的な権力に利用することは、そういう事件を引き起こすよりもさらに非道だ。

ウィリアムズは、あらたなオフィスへ車でひきかえすあいだに、ニューヨークからのラジオの報道を聞きながら、自分にあたえられた責務を前後関係のなかで見極めようとした。だが、それにはまだ尚早だった。プロフェッショナルとしての人生ではじめて、自分にあたえられた物事全体の規模、構造、性質を、なにも把握できていなかった。ほかのメンバーがこれまでともに働いていたのか、ともに訓練を受けたのか、おたがいを知っているのかどうかもわからない。どこを拠点にするのか、どこで会うのかも、まだわかっていない。

たとえ降格のように思えても、白紙の状態に戻ったのだと見なそうと、ウィリアムズは自分と掛け合った。悔いが残る事柄が意識にのぼるにつれて、そもそもサーレヒーから目を離したことが、こういう結果を招いたのだと、受け入れはじめた。

ウィリアムズは、きょうはまだ口にするひまがなかったコーヒーとデニッシュを持って、新しいオフィスにするりとはいった。それすらが罰のように感じられた——紙コップのコーヒーと、セロファンにくるまれた自動販売機の食べ物。だれも目を向けてこないのが、せめてもの慰めだった。自分が何者で、どうしてここにいるのか、だれにも知られていない……ただの下働きの職員に見える。

デスクに向かって座っているあいだに、二度、そこを離れたくなった。降格だと感じたからではなく、人間性を失ったような気がしたからだ。機械から情報をもらい、エレベーターで上下に運ばれ、横方向に進み、食べ物まで機械から受け取る。チームと会うときも、彼らはおたがいに交流するだろうが、こちらと交流するかどうかはわからない。

くそ、自分はまちがっている。軍や政府で何十年も働いてきたが、こういうことへの覚悟はできていなかった。ジャニュアリー・ダウやトレヴァー・ハワードが物事を牛耳っているから、よかれあしかれ四十年以上なじんできた個人的な交流はもう望めないのだ。

失敗を犯して、神聖な信頼を失った公務員向けに、さまざまな煉獄《れんごく》がある。締め出されるのは、そのうちのひとつだ。閉じ込められるのも、そのうちのひとつだ。

ファイルをひらく前に、ウィリアムズはスマートフォンをちらりと見た。元の同僚からいくつもメッセージが届いていた。件名だけのもの、幸運をいのるとか、感謝するとかいうようなもの。ギーク・タンクからのメッセージもあった。いまは読んでいる時間がないが、いい時期のいい人間関係のようすがではあった。

ウィリアムズは、仕事に取りかかった。

9

プエルトリコ、サンファン
ムニョス・マリン国際空港
七月二十二日、午後六時九分

　アフマド・サーレヒーは、高温多湿のプエルトリコに到着してすぐに歓迎の出迎えを受けるとは、予想していなかった。午後六時十五分のアンティグア行きの便まで待つ計画だった。アメリカの影響が及ぶ地域からできるだけ早く離れ、夜をやり過ごし、翌日に南アフリカとエジプトを経由してイランに帰国しようと考えていた。長時間使っていたバルヴァン・プラブの偽装を脱ぎ捨てるのはどんな感じだろうと、フライトのあいだ考えていた。第二の自分向けにこしらえた落ち着きのある寡黙な雰囲気を醸し出すのが、楽しくなりはじめていた。

ゲートに到着したサーレヒーは、プラブの名前を活字体で書いたカードを見て驚いた。持っている男は地元の人間のように見えた。あるいは金を稼ぐチャンスを狙《ねら》っている犯罪者で、独りで旅行していて手助けが必要かもしれない外国人を見つけるために、係員を買収して乗客名簿を見たのかもしれない。

その男は、サーレヒーに目を向けたときに、ひと目で見分けたようだった。変装のせいかもしれない――バルヴァン・プラブに似た人間は、ひとりも旅客機からおりてこなかった――だが、サーレヒーを逮捕するために派遣された法執行機関の捜査員である可能性もある。

サーレヒーは武器を持っていなかったし、その小柄な男に声をかけられることなく通り過ぎることはできなかった。地元の言葉はわからないが、男に近づくしかなかった。

迎えにくるのを予期していたような感じで、サーレヒーは男にうなずいた。男がカードをおろして、満面に笑みを浮かべた。男はペルシア語や、パキスタン人と協力するためにサーレヒーが初歩を学んだウルドゥー語では話しかけなかった。驚いたことに、男はロシア語でいった。アナドゥイリでの仕事のために、サーレヒーはそれも学んでいた。

「いっしょに歩いてくれ」男がいった。

サーレヒーは従ったが、のろのろと歩いた。「あんたは何者だ?」ときいた。

「ファン・ウルティア」男がいった。「ハバナから来た。あんたはコネティカットの空港にいるときに、ロシア人に見つかった。あんたを隠すためにおれが派遣された」

その情報は意外で、かんばしくない報せでもあった。「それで」

「テヘランの指令によるあんたの作戦のことが、モスクワに伝えられた」ウルティアがいった。「核弾頭を入手しようとしたことに、情報省が関わっていたことを隠蔽《いんぺい》する取引の一部だ」

「モスクワがわたしに関心を抱く理由は?」サーレヒーはロシア語を話すのに苦労しながらきいた。

「歩《ポーン》として使う」ウルティアがいった。「アメリカかテヘランのどちらかに渡す。取引に応じるほうに」

サーレヒーは、〈ナルディス〉を攻撃されたときにアメリカ人に対して感じたものよりも激しい怒りを味わった。自分の国の人間に裏切られるとは、思ってもいなかった。

「なにが狙いだ?」サーレヒーはきいた。「あんたの関心は?」

「あんたには友だちがいる。ユーリ・ボリシャコフ、情報総局の大尉だ」

サーレヒーはうなずいた。ボリシャコフは、ミサイル売買を手配したロシア連邦軍参謀本部情報総局《GRU》の工作員だった。

「ボリシャコフは、われわれの部隊、軍事技術局とテヘランの特別聖職者裁判所の関係を強化しようとしている。彼がじかにかかわることはできないが、ロウルデスのロシア軍基地の同僚に、あんたの状況を伝えた」

「わたしの状況とは？」

「ロシア人は、アンティグアのＶ・Ｃバード国際空港で、あんたを捕らえようとしている」

サーレヒーは、怒りをたぎらせ、おろかにも他人を信じていた自分を叱った。しかし、それでもボリシャコフ大尉は忠節を尽くしている。ボリシャコフにも秘められた私利私欲があるのはたしかだが、すでにサーレヒーの敬意――貴重な財産――を勝ち得ていた。

だが、ウルティアという男のことをサーレヒーは知らなかったし、話の真偽をたしかめようがない。しかし、ウルティアはＧＲＵが出所とおぼしい情報を知っている。ボリシャコフは〈イントレピッド〉の防犯カメラの映像を見て、行動したにちがいない。

「これについてあんたの役割は？」サーレヒーはきいた。

「おれはロシア軍が運営しているロウルデスSIGINT基地の連絡将校だ」ウルティアが答えた。「ただのメッセンジャーだよ」

「このことを証明できるのか？」サーレヒーはきいた。

歩きながらキューバ人のウルティアがまわりを見て、コンピューターのモニターに向かっているボリシャコフの画像を見せた。モニターには燃えている〈イントレピッド〉が映っていた。劇的な画像だった……だが、こんなものは、アメリカ人にも合成できる。迅速に巧妙な罠《わな》を仕掛ける――攻撃後数時間でやるには複雑すぎるかもしれないが、できないことはないだろう。

「あんたの計画は？」夕方の日射しのなかに出ながら、サーレヒーは用心深くきいた。どうでもいい持ち物を入れたバッグは、アンティグア行きの便に載せられるので、手荷物受取所へ行く必要はなかった。

「ハバナ行きの自家用機がある」ウルティアがいった。「ハバナからデリーへ行くか、あるいは直接、イエメンに行けばいい」

サーレヒーは立ちどまった。「どうしてイエメンに？」

「サナアにあんたを崇拝する人間がいて、隠れ家を提供してくれるからだ……それに船も一隻」

10

ヴァージニア州フォート・ベルヴォア・ノース
七月二十二日、午後六時十七分

「ああ、こんなものか」

チェイス・ウィリアムズは、洗面所へ行くときと、自動販売機でランチを買うときを除けば、オフィスから一歩も出なかった。自分の物がなく、思い入れもなかったので、〝自分のオフィス〟だとは思えなかった。無断で住んでいる人間のような心地で、そうひとりごとをいった。

新チームと、アフマド・サーレヒーと共犯者の捜索について、ウィリアムズはすべての資料を読んだ。サーレヒー捜索に関しては、役立つことが皆無だった。犯人たちには国家レベルの偽装手段があるにちがいない。旅行計画、偽造パスポート、身分証明書が、高度な技術を持つ偽造者によって提供されているのだ。あらたな身許を後援者たちは知っているはずだ。さもないと輸送手段を手配できない。いまのところ、サーレヒーとその仲間は、完全に姿を消しているようだった。手がかりを握っている可能性がある唯一の組織は、ニューヨーク市警テロ対策局だけだった。テロ攻撃後、近辺からおおぜいのひとびとを避難させるために、ウーバーとタクシーが合計三十七台、駆り集められた。大使館に向かった車は一台もなく、じかに公共交通機関へ行ったのはわずか九台だった。二台がペンシルヴェニア駅、二台がグランドセントラル駅へ行き、地元の空港三カ所、JFK、ラガーディア、ニューアークへ各一台が行った。

「あとの二台は、ハートフォードのブラッドレー空港へ行った」ステュアート・フォックス刑事局長の報告書に書いてあった。「運転手マイク・アレグザンダー、住所西四十五丁目三三〇、職業俳優、年齢二十二歳、ひどく動揺しているように見えるインド人らしい家族について述べている。幼児を連れているにもかかわらずベビーカーがなかった。ベビーカー一台の残骸《ざんがい》が攻撃目標の飛行甲板で発見されている。五十歳くらいの成人男性が、料金を現金で支払った。三十歳くらいの女性と、二歳未満らしい幼児を連れていた。三人は英語を話した。

もう一台のウーバーの運転手はエヴァ・スクロギンズ、四十一歳、既婚の写真家、住所はブルックリンの東十四丁目一五三〇。〝煙のにおいがする〟インド人紳士を乗せたと報告している。〈イントレピッド〉の事件について彼女が話を聞こうとしたが、その乗客は口をきかなかった。やはり現金で払った。防犯カメラの画像を見せると、ミズ・スクロギンズは〝その男かもしれないと思う〟といった。

家族連れはハフィズ・アキーフ博士、イスラマバード在住の娘イラム・アウサーフ、孫娘アムナだと考えられている。イラム・アウサーフの夫サイード・アウサーフは、パキスタンの司法副長官。この旅行には同行していない。アキーフの一行はモントリオールで降機し、税関を通ったが、現在の所在は不明。

国務省情報研究局《INR》のミズ・ジャニュアリー・ダウが、エヴェレスト登山旅行を取りやめて、トレヴァー・ハワード国家安全保障問題担当大統領補佐官とともにアキーフ・アウサーフ国際捜査の共同指揮をとっている。

アフマド・サーレヒーの所在は不明。バルヴァン・プラブと名乗っている乗客の特徴がサーレヒーとほぼ一致しているが、プラブに関しては、証拠となりうるような鮮明な防犯カメラ画像が得られていない。ただ、プエルトリコのサンファンにあるルイス・ムニョス国際空港へ向かったことがわかっている。プラブは一個だけの手荷物を受け取らずにターミナルを出た。地元警察がその手荷物を押収《おうしゅう》し、当市警の研究所に送ってきた。ＦＢＩがキャロル・スミス上級顧問を通じて第一発見者の権利を主張し、鑑識は話し合いの結果が出るまで待機している。

「もうひとり、重要な要注意人物を発見した可能性がある」フォックスは締めくくっていた。「ハートフォードの防犯カメラが、国連ロシア連邦政府代表部に常駐する工作員だと判明している、ニコライ・ラグーチンがいたことを記録している。ラグーチンは、長年、各国で活動していた暗殺者ゲオルギー・グラスコフの監的員《スポッター》だとわかっている。グラスコフの所在は不明。防犯カメラのタイムスタンプにより、バルヴァン・プラブが乗るウーバー到着の四十七分前に、ラグーチンがブラッドレーのターミナルに到着していたことがわかっている。代表部警備部長レフ・ブリニコフは、グラスコフとラグーチンについて所在はおろか名前も聞いたことがないと断固として否定したが、信頼できるような否定ではない」

ジャニュアリー・ダウの首席補佐官からの新規情報により、ＩＮＲの調査がつづけられていることがわかった。首席補佐官のファイルにジャニュアリーの名前がないことに、ウィリアムズは驚かなかった。付加価値がない書類――ロジャー・マコードがかつて、〝無知だと宣言して出世を失速させる〟報告書と呼んだたぐいの書類――に、彼女は自分の名前を載せるようなことはしないのだ。

現況報告を読み終えると、ウィリアムズは座り直し、あたえられたチームはこの事件の厚い煉瓦《れんが》の壁をどうやって迂回し、通り抜け、くぐり抜けるだろうかと考えはじめた。わかっていることと、前進の道すじ《ロードマップ》を創出することのあいだに、大きな隔たりがある。これまでは、軍でもオプ・センターでも、ウィリアムズはさまざまな案をチームにぶつけておき、特定の研究分野はだれかに任せ、総意による行動計画をすみやかにまとめることができた。

「いまは」考えを声に出した。「自分と、それから……」

声が途切れた。ウィリアムズのチームは、以前、マイク・ヴォルナーが有望な新兵についていったような、〝技倆の高い粘土〟だった。それをこねて、ひとかどの人間にしなければならない。ヴォルナーは軍事作戦のためにオプ・センターに配属された統合特殊作戦コマンド・チームの指揮官だった。どの任務でもそのチームが大きな貢献を果たしてくれたので、ウィリアムズは彼らがいないことを痛切に実感していた。ウィリアムズは受話器を取りあげて、ヴォルナーやマコードの意見を聞きたかった。ブライアン・ドーソン、国際危機担当官ポール・バンコール、オプ・センター前長官ポール・フッドの知恵を借りたかった。

だれでもいい。これまでずっと、そういうやりかたで働いてきた。ベリーもそれは知っている。これは救済ではなく罰なのではないかという思いが、いっそう強まった。ハワードの意見で毒されている大統領なら、そういうことをやりかねないだろう。しかし、ベリーはもっといい人間だ。

「ちがう。ただの〝もっといい人間〟ではない」ウィリアムズはつぶやいた。「どうやって無理強いするか、だれに無理強いすればいいかを知っている」

海軍式の根掘り葉掘りはやめろと思い、ウィリアムズは身上調書に注意を戻した。一年間ともに定期的な訓練を行なってきた志願者の精鋭三人と会う前に、もう一度ざっと読む時間がある。一年だけでは予備役の兵士とおなじだし、基地外へ展開したことはない。

その三人が、秘密工作《ブラク・オプス》チームの戦時急速攻撃配置《ウオータイム・アクセレレイテッド・ストライク・プレースメント》——ＷＡＳＰ《ワスプ》——をあらたに結成する。

11

ヴァージニア州フォート・ベルヴォア・ノース
七月二十二日、午後六時四十五分

将校クラブはシュルツ・サークル五五〇〇、二〇号棟にあり、月曜日は閉まっている。南部戦争前の様式の三階建ては、時間外はいつも、クラブの用務に携わる当番下士官を除き、だれもいない。

今夜だけはちがう。

三人が、チェイス・ウィリアムズを待っていた。マット・ベリー次席補佐官からは、〝退役した四つ星（海軍大将）の司令官〟だということしか聞かされていなかった。三人とも海軍に所属していないので、軍の多様性に配慮しているのだろうかとハミルトン・ブリーン少佐は思った。

「軍の差別回避《ミリタリリー・コレクトネス》のために、おれたちの命を危険にさらすことはないでしょう」最後に到着したジャズ・リヴェット兵長がいった。ルイジアナ生まれの母親のなまりが、まだかすかに残っている。「つまり、おれたちが最高《ベスト》なら、その提督もベストのはずですよ」

「そうかもしれない」ブリーンがいった。「わたしが疑問に思っているのは、彼も志願者なのかということだ。それに、現場へ行くのかということだ」

「そうじゃないほうがいい」リヴェットがいった。「いっしょに訓練していない」

グレース・リー中尉が、肩をすくめた。「最高のパラシュート降下は、やらなかったパラシュート降下だっていう言葉もある。まずいことになったかどうか、知りようがないから」

「考えているんだが」ブリーンがいった。「統計学はそういう常識に勝てるかな」

三人は、ダイニングエリアでオークの円卓を囲んで座っていた。三人とも、うしろの床に装備を置いてある。三人はそれぞれ、出発まぎわだった輸送機に便乗し、着陸すると、基地まで送る人間についてなにも知らされないことに慣れている伍長の出迎えを受けた。ここでも、やはりなにも知らされていない将校クラブの当番下士官が——ホワイトハウスからの命令どおりに——名前を確認することなく受け入れて、集合して上官を待つようにここに案内した。最終目的地しか教えられないというのは、この実験的な多軍種プログラムが発足してから三人が受けてきた訓練とおなじ状況だった。

三人のうちふたりは、スープとサンドイッチで早めの夕食を済ませていた。リヴェットは、ここまで乗ってきたC‐130輸送機でB携帯口糧を食べた。一食分が包装されていて、電子レンジで温められるハンバーガー、ポテトフライ、アップルパイの小さなひと切れがはいっている。食事のことは三人の頭になく、任務のことだけを考えていた。〈イントレピッド〉テロ攻撃に関係があるという点では意見が一致していたが、それに対する反撃かどうかという点では、意見が分かれていた。ブリーンは、反撃だと確信していた。〝くそ野郎〟を送り込んだ集団を捜し出して殲滅《せんめつ》するのだと、リヴェットはいった。事件を起こした犯人に技をかけて倒したいというのが、グレースの望みだった。

「首っ玉を狙う」グレースはいった――復讐という意味ではなく、具体的な動作をあからさまにいっただけだった。手を鉤爪《かぎづめ》のような形にした。

「死のグリップ」リヴェットが、訳知り顔でいった。「なるほど」

グレースはうなずいた。それは龍形摩橋《サザン・ドラゴン》の形だった。スポンジを握っていて、そこに水が注がれるのを想像しながら稽古する。スポンジを握り込むのではなく、指で締めていくことで水を絞り出す。やがて想像上のスポンジは石のように固くなる。親指と人差し指のあいだに敵の喉笛がはいる。親指と人差し指にくわえてあとの指三本で喉笛を徹底的に絞めて、血行をとめる。敵は五秒で気を失う。

リヴェットは、ブリーン少佐のほうを向いた。「どういう助言がありますか？　犯人を公判にかけたいんでしょう？」

ブリーンはうなずいた。「そいつが知っている人間と物事すべてを知りたい。軍法会議ではなく、通常のアメリカの裁判で裁きたい——わたしたちがだれのために働いているか、その都度思い出せるように。そのあと」ブリーンはいった。「そいつが死ぬのを見たい」

「とにかく、おれたちはその点でおなじ考えですね」リヴェットはいった。「ただ、おれはそいつのこめかみに冷たいサイレンサーを押しつけて訊問《じんもん》したい。それが嘘発見器になるんじゃないかな。脈を感じ取る。引き金を引くか引かないかの前に」

リヴェットが右手を拳銃の形にしてのばしたとき、定刻の七時ちょうどにチェイス・ウィリアムズが到着した。リヴェットは、教師が教室に戻ってきたときの生徒のように、手をおろして、円卓の上で両手を組んだ。兵士三人は油断のない目でおたがいを見て、不意に何事かを悟ったようだった。ブリーンとグレースが立ちあがり、それを見てリヴェットも立った。退役将官に敬礼をすることは求められていないのだが、三人ともきびきびと敬礼した。

ウィリアムズは答礼し、軍服を着ていなくても軍人だったことを三人が知っているとわかって、気分がよくなった。ウィリアムズが読んだ資料によれば、名前と以前の階級以外のことは、三人にはほとんど知らされていない。それは意外ではなかった。数時間前には、彼らの指揮官ではなかったからだ。もしかすると、今後も彼らの指揮官にはならないかもしれない。

そんな先のことを考えるのはやめようと、ウィリアムズは自分を戒めた。ダーツの標的板に目当てのターゲットがあり、仕事がある——唯一の仕事は、ターゲットに命中させることだ。

「どうか座ってくれ」ウィリアムズは歩き出し、空いている唯一の椅子をまわって腰かけた。まわりを見た。

「だれもいません」グレースがいった。「監視カメラも切ってあります」

奥の角にあるカメラを見て、ウィリアムズはにやりと笑った。正確にいうと、切ってあるのではない。その下に椅子を持っていって、白いパンを一枚押しつけてレンズを覆ってあった。

「いいね」ウィリアムズはいった。

ウィリアムズは、テーブルの周囲をもう一度見て、チームのひとりずつにしばし視線を据えた。精悍《せいかん》な自立心を顔に浮かべているが、三人とも緊張していないことが顔や姿勢からわかる。幸先《さいさき》のいい兆候だった。

「われわれの目標は」ウィリアムズは率直にいった。「〈イントレピッド〉を攻撃したイラン海軍大佐アフマド・サーレヒーを見つけて殺すことだ」

三人がその宣言を頭のなかで処理するあいだ、ウィリアムズはしばし待った。それぞれの年齢らしい反応があった。リヴェットは笑みを浮かべ、グレースは満足げで、ブリーンは表情を変えなかった。

「それ以外には」ウィリアムズはつづけた。「具体的な指示や命令はない。わたしはわが国の情報機関の合同報告を自由に入手でき、どこへでも必要なところにチームを配置する権限を持っている。それを除けば、部隊——つまりわれわれは、完全に単独だ」

「もっともらしく関与を否認できるのですね」ブリーンがいった。

「それどころではない」ウィリアムズは答えた。「わたしたちはホワイトハウスのために働く。したがって、成功しても失敗しても、いっさい関係を否定される」自分の言葉をすこし考えた。「そのことだが、教えてほしい。わたしはきみたちのファイル、身上調書を読み、表彰や功績のことは知っている――じつにすばらしい。ただ、チームとしてどういう訓練を行なっていたかは知らない。だれが取りまとめ、どういう教練をやってきたのか？　すべて戦場向けの訓練だったのか、心理作戦や訊問技術も学んだのか？」

「おれたちは、おたがいの邪魔をしない訓練をやりました」リヴェットがいって、あとのふたりを見た。「まあ、そういっても差し支えないですよね？」

「そのことは、あとで確認させてもらう」ウィリアムズはいった。「直属の上官は？」

「いません」ブリーンがいった。「わたしたちは、秘密作戦の訓練をやるように求められました。ここに連れてこられて、ジムか、射場か、いろいろな部屋に行かされて、協働するようにいわれました」

「なにを？」

「具体的にはなにも」ブリーンがいった。「わたしたちが集められたのは、ほとんど共通点がないからだということが、最初から明らかでした」

「社会的実験のようなものかと、わたしたちは思いました」グレースがいった。「退役した四つ星の将軍が関与すると知らされるまでは、わたしたちがチーム——のようなもの——なのかどうか、はっきりしなかったんです」

「だれに知らされた？」

「だれだかわかりませんが、わたしたちに招集をかけた人間です」ブリーンがこたえた。「途中で一度だけ連絡があり、そういう相手に会うのだといわれただけです」

ウィリアムズはまたしても思った。これは究極の信頼なのか、それとも失うものがなにもない一か八かの方策なのか。突然、そんなことはどうでもよくなった。この救命具、この実験の機会をつかまえて、それを利用し、サーレヒー大佐を殴り殺したかった。そうしたところで、起きてしまった過ちは償い切れないかもしれないが、不意にやってみたいという気持ちが強まった。問題は、どこでどうやってやるかだった。

その答はまったくわかっていない。

ウィリアムズが、チームの訓練施設はどこかときこうとしたとき、メールが着信して、遮られた。元情報部長のロジャー・マコードからだった。


ただちに話をしなければならない。電話してほしい。

12

ヴァージニア州フォート・ベルヴォア・ノース
七月二十二日、午後七時十七分

「チェイス、元気ですか？　みんな心配していますよ」

　ウィリアムズは、戸外に出て電話をかけていた。元同僚たちのメッセージやメールを、それまではずっと無視していたが、今回はそうしなかった。マコードは情報の仕事に取り憑《つ》かれているから、個人的なことで連絡してくることはありえない。私用携帯電話は秘密保全措置がほどこされているが、数年のあいだ親密にしてきただれとも、もういっしょに仕事をしているわけではない。それを忘れてはならないと、ウィリアムズは自分にいい聞かせた。

「だいじょうぶだ」ウィリアムズは答えた。

「まだ関わっていますか、それともはじき出されましたか？」

「それはいえない」ウィリアムズは答えた。そういったこと自体が、返事になっていた。情報の仕事からはじき出されたのなら、そういえばいいだけだ。

「それはよかった」マコードがいった。「あす面接を受けるので、それまではどこにも所属していません。それを利用しない手はないと思いましてね。わたしが数週間前にどこへ行ったか、知っていますよね。だれと会ったかも。やつはそこにいます、チエイス」

「見張っているのか？」ウィリアムズはきいた。

「さあ」マコードが答えた。「わたしの個人アカウントに届いた彼女のメールは、曖《あい》昧《まい》でした」

ウィリアムズは、マコードの言葉を頭のなかでいい換えた。数週間前マコードは、キューバへ行き、原子物理学者のアドンシア・ベルメホ博士と会った。ベルメホ博士は、イランに核弾頭が渡されようとしている事実を暴くことに貢献し、マコードがキューバから脱出するのを手伝った。サーレヒーが最後に目撃された場所はサンファンだった。そのあと、ベルメホ博士はキューバでサーレヒーを見たか、いるという話を聞き、サーレヒーがなにをやったかも知っているにちがいない。

ニューヨーク市警の刑事局長が報告書に書いていたロシア人と結び付く、とウィリアムズは思った。その断片的な情報がどう当てはまるのかは定かでないが、サーレヒーの前回の任務でロシア人は重要な役割を果たしていたから、今回も結び付いている可能性はじゅうぶんにある。

「ロジャー、ありがとう」ウィリアムズはいった。「連絡できるようになったら連絡すると、みんなに伝えてくれ」

「みんなわかっていますよ」マコードはいった。「みんな幸運を祈っていますよ」

ウィリアムズは、もう一度マコードに礼をいってから、電話を切った。行動できるような情報ではなかった。サーレヒーがいつまでキューバにいるかわからない——しかし、伝えなければならない重要な情報だった。

ウィリアムズは、マット・ベリーに電話した。

「どうぞ」ベリーがいった。

「単独ターゲットがキューバにいると、たったいま聞いた」

「信頼できるか?」

「かなり信頼できる」

ベリーが黙った。「それをひろめたいか?」

「ああ。なにが起きるか見よう」

「きみが情報源だとはいえない」ベリーが、考えていることをそのままいった。

「かまわない」

「連中は知りたがるだろう。きみの部下が、以前、そこへ行ったな」

「そのとおり」

「彼が情報提供者か？」

ウィリアムズは口ごもった。「情報提供者のひとりだ。だれにも悪影響はない」

「わかった。うまく処理しよう」ベリーがいった。「ファイルを見て、ブラック・ワスプを動かす必要があるときには教えてくれ」

「教える」ウィリアムズはいって、電話を切った。しばしそこに立ち、基地のむこうで陽が沈むのを眺めた。三十五年の現役勤務の最初のころ以来、味わったことのなかったなにかとともに、エネルギーがあふれるのを感じた。海軍士官学校を出たばかりの中尉のころ、ウィリアムズはラクロスの名選手で、チームと活動が大好きだった――どこに配置されても楽しみ、どんな任務でも受け入れた――危険が大きいほうがよかった。仲間意識と身体的能力の両方が試される、やりがいのある難事だったからだ。ウィリアムズの身体的能力は高かったが、オプ・センターではそれは必要とされなかった。

ベリーにいわなかったことが、ひとつだけあった。ふたりはウィリアムズが現場に出るかどうかという話をしなかった——ベリーはウィリアムズにそれを任せるつもりだったのかもしれない。あるいは、そうすべきではないと単純に決めつけていたから黙っていたのかもしれない。

いずれにせよ、ウィリアムズは、ぐずぐずしていれば死を招く現場で働くには、自分の腕がなまっていることを承知していた。ブラック・ワスプがなにをやるか、前よりも明快になったために、将校クラブにひきかえすときには、士気が高揚していた。

13

ワシントンDC、ホワイトハウス
七月二十二日、午後七時四十九分

政権移譲まで六カ月を切っていて、その時点でミドキフ大統領は、大統領としての特権を失うことになる。アメリカ国内や全世界で丁重に手渡されるような感じで移動できなくなることに、淋《さび》しい思いをするはずだった。いまは、アメリカ北西部の太平洋岸にある山小屋で休暇を過ごすことにすれば、すぐに連れていってもらえる。宗教心を横溢《おういつ》させる必要があると感じられたときには、イスラエル首相に会うことにして、ガリラヤ湖へ行くか、ヴァチカンを訪問し……滞在中にシスティーナ礼拝堂の天井画を独りで鑑賞する。神やアダムといっしょに自撮りする。優勝がかかっているスポーツの試合、映画、チケットが売り切れのコンサートであっても観ることができる。内輪のパーティのために演奏家をホワイトハウスに呼ぶこともできる。いまのところ、食料の購入も税務も人任せで、やらなければならないことはすべて周囲の人間が憶えているわけだが、そういうことがいっさいなくなるのも淋しいはずだ。

　数々の利便が失われるのは淋しいが、退任しても権力を懐かしく思うことはないはずだった。重要な事柄を示したり、主義を主張したりするために人命が失われるようなときに、決断を迫られることを懐かしみはしないだろう。あるいは、いまのように他人の罪を贖《あがな》わなければならないことも。

　イランに対する軍事攻撃という提案が、オーヴァル・オフィスのテーブルに置かれた。

　イーヴリン・グレイヴズ首席補佐官は、〝抑止力です〟とだけいった。トレヴァー・ハワード国家安全保障問題担当大統領補佐官がそれを支持した。統合参謀本部議長ポール・ブロード大将も同意した。〈イントレピッド〉攻撃に軍事対応を最初に提案したのは、ブロードだった。もちろん、その戦術には背後の事情があった。サーレヒー大佐はアメリカ軍の顔面を殴りつけて血だらけにしたのだ。

　ジャニュアリー・ダウだけが、軍事攻撃に反対していた。

「わたしたちは、関連しているふたつの出来事で、最初の一発を放ちました」いつもの物静かだが明確な口調で、ジャニュアリーがいった。「まず、軍幹部の亡命希望者、アミール・ガセミ准将《じゅんしょう》を受け入れました。つぎに、自由な航行を許されている国際水域で、サーレヒーの船〈ナルディス〉を攻撃して沈めました」

あとの三人が、ギルバート&サリヴァンのオペラのコーラスのように、いっせいに大声でいった。

「やつらは核兵器を密輸しようとしていたんだ！」ブロードがいった。イラン人とジャニュアリーの両方に激怒しているような感じだった。

「これに関与したロシアに対して、厳しい経済制裁を行なうべきです」グレイヴズがいった。「中国はわたしたちを支援するでしょう」

「国連を脱退すべきです。彼らはこれまでずっと無駄な金を吸いあげてきただけだ」ハワードが提案した。

大統領が三人を黙らせ、ジャニュアリーの激しい反応を制止するために、片手をあげた。コースト山脈の渡り鳥のように、四人とも危機に対してそれぞれの通例の政治目標を持ち出していた。ミドキフには考える時間が必要だったので、全員が落ち着いてから手をおろした。

「トレヴァー、テロリストたちについて、インテリジェンス・コミュニティがつかんでいることは?」

ハワードが、新しい情報をタブレットで確認した。ミドキフが思っていたよりも、時間がかかった。

「これは興味深い」ハワードが報告した。「マット・ベリーから最新情報です――サーレヒーがキューバにいるという報せがはいっています」

テロリストの名前を聞いて、ブロード将軍が傍目《はため》にもわかるほどまごついていた。あとの四人は、その意味をつかもうとした。

「どういうわけでハバナが関係しているのかしら?」グレイヴズがいった。

「モスクワか、ベネズエラのサトウキビ・石油同盟者に圧力をかけられないかぎり、キューバが動くことはないだろう」ハワードが推理した。

「ベリーはどこからこの情報を得たの?」ジャニュアリーがきいた。

「ロウルデスのSIGINT基地の信頼できる情報源」ハワードが読みあげた。

「数週間前に、オプ・センターの人間がそこにいた」ジャニュアリーが、疑わしげにいった。「だれかが新しい職務に就くために打った手じゃないの?」

「情報が一〇〇パーセント確実ではないとしたら、愚かなリスクをとることになる」グレイヴズが指摘した。

「だいたいこのひとたちがもっと鋭敏で、独立記念日に仲良くバーベキューパーティなんかやっていなかったら、サーレヒーから目を離すことはなかったはずよ」ジャニュアリーが反論した。

「いまそんな話をする必要はない」ミドキフはいった。「トレヴァー、ほかには？」

「捜査機関は逐次すべて報告しています。現在は手がかりを探している状況かと」ハワードがいった。

「では手がかりが見つかるのを待とう」ミドキフはいった。

ミドキフはデスク越しに、コーヒーテーブルの左右のソファに座っていた三人のほうを見た。アメリカが第一次世界大戦に参戦する前に、ウッドロー・ウィルソン大統領が寄贈したテーブルだった。一世紀前の戦争による荒廃、死者、手足を失ったり精神的に傷を負ったりしたひとびとが、突然、オーヴァル・オフィスに出現したように思えた。

ミドキフは溜息をついた。「わたしはここにいるみんなとおなじように怒り、憤懣《ふんまん》やるかたない気持ちだ。二十年近く前の9・11同時多発テロ後とおなじ無力感を、わたしたちは感じている。だが、いまわたしたちが相手にしているのは、アフガニスタンの山中の追いはぎや武装勢力や乏しい訓練しか受けていない諜報員ではない。この攻撃に報復すべきだという意見には賛成だが、問題は〝なぜ〟ではなく、どのように、いつ、どこでということだ」ハワードのタブレットを指差した。「答はテヘランにはない」

「大統領、イラン人がこれに関与していないと考えておられるのですか？」ブロード将軍がきいた。

「関与していた可能性は高いかもしれない」ミドキフはいった。「パキスタン人の手も汚れているだろう。きみたちも考えているように、これにはパキスタン大使館の協力があった。核兵器売買ではロシアが裏で――」

「アナドゥイリでの行動にクレムリンが関与していたことはわかっていません。知っていたかどうかもわかりません」ジャニュアリーが指摘した。「ＧＲＵの一派がやっていたように思われます」

「そうだとすると、われわれはロシアの情報機関と対決するのか？」ミドキフは問いかけた。「けさになってもまだ、われわれは事態をしっかり把握できていない。過剰に反応したり、不適切なターゲットを攻撃したりして、敵が寄せ集めの同盟を組むようなことになるのは、避けなければならない」首をふった。「わたしはだれかを殴りたい、ブロード将軍。ほんとうにそうしたい。しかし、殴る相手を確実に突き止める必要がある」

「イラン政府は腐敗しています」ブロードがいった。「抗議する国民を彼らが踏みつぶすのを、何度も見ています」

「イランの宗教指導者を狙うのは、まちがっていないだろう」ハワードが提案した。

「ただ、それをやったら、イエメンからフィリピンに至るすべての聖戦主義者に、過激な殉教者を糾合させる理由をあたえることになります」ジャニュアリーが、あからさまに侮蔑《ぶべつ》をこめていった。

「だったら、つぎにその連中を追討すればいい」ハワードが答えた。「表立つところに誘い出して殲滅する」

「そうやって戦争がはじまるのよ」ジャニュアリーが反撃した。

「これは十字軍の時代から――」ハワードがいいはじめた。

「わかった」ミドキフは、きっぱりとハワードの言葉を遮り、議論は終了だということを示した。「何者が周辺で、あるいは直接に関与していたにせよ、この攻撃の根源がテヘランにあることはたしかだ。サーレヒーはイラン人だ。それだけで証拠としてはじゅうぶんだ」

「サーレヒーがテヘランでだれと協力しているのか、正式な承認を得ているのかどうかが、わかっていません」ジャニュアリーがいった。

「国民はそんな細かい区別はどうでもいいと思うだろう」ミドキフはいった。「イランはその一員の行動について釈明しなければならない。イラン軍に対する限定的対応の選択肢《オプション》を用意してくれ。核開発のことはべつにしろ――新しい問題と古い問題をいっしょにしたくないし、〈ナルディス〉を沈めた隠密作戦を明るみに出したくない」

「どうやったら、それを避けられますか?」ジャニュアリーが質問した。「テヘランはそれを持ち出すでしょう」

「やらせておけばいい」ハワードがいった。「われわれは関与を否定し、ロシアやロシア人武器密売業者とイランのあいだで衝突があったというような話をでっちあげる」

「テヘランが無理やりわたしたちにそういう筋書きを押しつけたように見えるでしょうね」グレイヴズが同意した。

「それも、急進的なブロガーはべつとして、国民はどうでもいいと思うだろう」ミドキフはいった。「それに、メディアが調査したとしても、証拠はなく、憶測に行き当たるだけだ――それに、どうして核兵器が極寒の地に埋もれていたかという話のほうが煽情《せんじょう》的だろう」

大統領がその問題について熟慮するあいだ、オーヴァル・オフィスは静まり返った。

「将軍、テヘラン以外のところにある国営化学工場を検討してみよう。民間人死傷者を出したくない。そこが関係ないとしても、国民は関係があると思うだろう。それに、〈イントレピッド〉攻撃に使われた化学物質を提供した人間への警告にもなる」

「それがだれだったのか、突き止めるまで待つほうがよいのではないですか？」ジャニュアリーがきいた。

「それくらいの時間はかけてもいい」ミドキフは同意し、立ちあがった。「しかし、国民はわたしたちが必要とするような時間をあたえてくれない。それに、わたしたちとおなじように、きみもわかっているだろうが、イランは消毒薬や真鍮《しんちゅう》磨きだけを製造しているわけではない。ハワード補佐官の意見はまちがっていない。狙っても差し支えないターゲットもいる」

居室で遅い夕食をとるために、ミドキフは一同を帰したが、オーヴァル・オフィスを出る前にＤＯＴＯスマートフォン（発信者と受信者がそれぞれひとりに特定されているもの）――いわば大統領専用使い捨てスマートフォン――でマット・ベリーにメールを送った。


キューバのつながりは、チェイ[C]ス・ウィリア[W]ムズ発？

ベリーがそうだと応答した。

その同僚から？

ベリーが、再度確認した。

ミドキフは接続を切った。やっとひとつ明るいことがあったので、笑みを浮かべた。チェイス・ウィリアムズにチャンスをあたえたのは、まちがっていなかった。だが、笑みにはほかにも意味があった。

そんな私心のない忠節に値する人間が、うらやましかった。

14

キューバ、ハバナ
七月二十二日、午後九時二十一分

嵐の最中を除けば、雄大なうねる海の旅に慣れている男にとって、急ぐのは嫌悪すべきことだった。だが、嵐は起きる――めったに起きないが、かならず発生する。だから、海の男はつねに用心を怠らず、うねりの変化を感じ取り、空の色と機嫌を観察する。風力のかすかな変化、風向、においまで察知し、湿度や気温にも注意する。

この数週間は、サーレヒーにとって小さな嵐の連続で、それが今度の大きな嵐で頂点に達した。海の嵐とのちがいは、それが起きることといつ終わるかが最初からわかっていたことだった。精神、感情、肉体の面で、それに対する備えがあった――罪悪感と怒りの重荷から解放されて、空荷でそれとは逆の方向へ航海する準備ができていた。ひょっとするとサーレヒーは、宗教指導者と世俗的な勢力のあいだの政治闘争と国内の騒擾《そうじょう》という嵐に揉まれている国で、自分が統一の根源になれるかもしれないと夢想していたのかもしれない。公人としてではなく、世界の国々がイランとその主権をめぐって戦っていることを思い出させる人物として。

単発プロペラ機のランクエアⅣ‐Pの後席で、ファン・ウルティアがサーレヒーとならんで座っていた。三時間のフライトのあいだ、ふたりはほとんど話をしなかった。ウルティアはサーレヒーに食事と飲み物を渡したが、それだけだった。ランクエアがドスンと着陸すると、乗降口があき、パイロットが出ていった――管制塔との通信とロウルデスとの連絡を除けば、パイロットはずっと無言だった――潮の香りはするが圧迫するような湿度の高い熱気が、あいたままの乗降口から流れ込んできた。離陸後にターバンをはずしていたサーレヒーは、それで首のまわりの汗を拭《ぬぐ》った。降機しようとしてシートベルトのバックルをはずしかけたが、ウルティアが座ったまま、席を離れないようにと指示した。

「なぜだ?」サーレヒーはたちまち怪しんできいた。嘘をつかれたのだと思って、不意に吐き気がこみあげた。

ウルティアが、スマートフォンを差しあげた。「情報を待ってる」

「ターミナルで待てばいいだろう」ホセ・マルティ国際空港の古ぼけたターミナルを指差して、サーレヒーはきいた。そこまでは短い距離を歩けばいいだけだった。

「指示では、おれは――おれたちは、ここまで来るよういわれてるだけだからだ」ウルティアが説明した。

「それなら、どうしてデリーへ行けばいいといったんだ?」

「それは情報だ。指示じゃない」ウルティアがいった。

サーレヒーは、いっそう嫌な感じがしていた。グアンタナモ基地のアメリカ軍特殊部隊がいまにもちっぽけなランクエアめがけて殺到してくるのではないかと思った。飛行場を見渡した。さまざまな国の名称が機体に派手に描かれているジェット機が、何機も目にはいった。そのうちの一機が、デリー行きかもしれない。あるいは、そういう飛行機は一機もいないのかもしれない。きょう発《た》つのか、あす発つのか、ふつうの航空便なのか、自家用機なのか、まったく知らされていない。わからないことが多すぎる。自分には確認しようもない脅威から遠ざかろうとして、あわててこの飛行機に乗る前に、いろいろたしかめておくべきだったと気づいた。

ふたりはそこに一時間以上座っていた。一分一分が過ぎるたびに、罠にちがいないとサーレヒーは確信した。すでに飛行場の外を観察して、田園地帯のようすをたしかめていた。必要とあれば逃げる方向の見当をつけていた。駐機している飛行機とターミナルを、銃撃を防ぐ楯に使える。フライトのあいだパイロットを観察して、操縦装置の基本的な使いかたを見届けていた――それも、ウルティアの指示が疑わしかったにもかかわらず機外に出なかった理由のひとつだった。離陸させることができるとは思えなかったが、地上で走らせることくらいはできそうだった。

ふたりが持っていた水を飲み干し、サーレヒーのターバンが服とおなじようにびしょ濡《ぬ》れになったころに、ウルティアの携帯電話がようやく着信音を鳴らした。メールが届いた。

「十五分後に、自家用機が迎えにくる」ウルティアがいった。

「感謝している」サーレヒーはいった。「だれがよこすんだ?」

「その情報は知らない」ウルティアが答えた。「識別するためのことしか知らない。ファルコン8X、トリニダードから来る」

それもまた、事実であるかもしれないし、欺騙《ぎへん》かもしれない。聖戦主義者がその地域で活動していることを、サーレヒーは知っていた。イエメンとの結び付きもあるかもしれない。

かもしれない。あるいは。そのジェット機に乗ったら自分は無力になる。

「情報や証拠をもっと見せてもらわないと、それには乗れないと思う」サーレヒーはいった。

「わかった」ウルティアがいった。「先方にそう伝えてもいいか?」

「いい」サーレヒーは答えた。必要とあればウルティアを殴り倒し、駐機場の東の端に沿って逃げ、低い金網を乗り越えればいいと考えていた。港へ行って貨物船に潜り込み、運賃代わりに肉体労働をやることまで思い描いていた。

「あんたが要求した証拠がじきに届く」ウルティアがいった。

「どれくらいかかる?」サーレヒーはきいた。

「それはわからん」ウルティアがいい、携帯電話を持った手を膝に置いた。「おれたちが脱水症になったり、携帯電話のバッテリーが切れたりする前ならいいが」

ウルティアが特徴を説明したジェット機が着陸し、地上走行して、ふたりが乗っているプロペラ機から五〇メートルのところで駐機した。白いジェット機が、サーレヒーの目にはアホウドリのように見えた——力強く、不吉だということのほかは、得体が知れない。

ウルティアの携帯電話が鳴った。メールだった。

「おれには読めない」ウルティアが、サーレヒーにそれを見せた。

「ペルシア語だ」いってから、サーレヒーは読んだ。「〝わたしの戦争には、遊び半分でやる人間ではなく、指導者と勇気ある男たちが必要だ〟」

ふたりは待った。ややあって、動画機能が起動した。画像がぼやけ、異様なこすれる音やぶつかる音ばかりが聞こえていた。バンの車内を写しているようだった。突然、カメラのレンズの前に男が突き出された。

「この男を知っているか？」ウルティアがきいた。

サーレヒーは黙っていた。答えれば有罪を認めることになるおそれがある。経験豊富なサーレヒーは、それを承知していた。なにかの陰謀だという可能性は消えていない。自白させるための罠かもしれない――だが、しだいにそうではないことがわかってきた。動画に映っているのは、ハフィズ・アキーフ博士で、怯えた顔だった。息が荒い。いつもきちんとしている黒い髪が乱れ、ネクタイが曲がっている。頬《ほお》に切り傷があるようだった。殴られてできたのかもしれないが、暗くてよくわからない。写っているのは胸から上だったが、両腕がうしろにまわされ――手を縛られているような感じだった。

言葉はなく、四五口径の銃身が画面に現れた。アキーフが不自然なほど目を丸くして、なにかをいおうとしたのか、口をひらいたが、そのひまはなかった。額から赤い血飛沫が噴き出した。頭部のあとの部分がうしろに倒れて、体も仰向けになった。

「なんてこった《マドレ・デ・ディオス》！」ウルティアが生唾《なまつば》を呑《の》んで叫んだ。

サーレヒーは処刑を何度も見ているので、吐き気はしなかったが、呆然《ぼうぜん》とした。つぎの瞬間、メール機能に戻って、あらたなメッセージが画面に現われた。

「〝彼は証拠を添えてカナダの官憲に発見される〟」サーレヒーは読んだ。「〝もとをたどれば、あんたが発見される。ジェット機はあと五分だけ待っている〟」

ウルティアが、サーレヒーの顔を見た。「アミーゴ」いってから、ロシア語に切り換えた。「あれに乗ったほうがいい」暑さのせいだけではなく、ひどく汗をかいていた。不安気に、ジェット機のほうを顎で示した。「あそこにも殺し屋が乗ってるかもしれないが」

「いや」サーレヒーは答えた。「わたしが行かなかったら、ここにいることをやつらはアメリカに教えるだろう。やつらに捕まるより、死ぬほうがずっとましだ」

一分とたたないうちに、アフマド・サーレヒーは旅の道連れだったウルティアをあとに残し、駐機場を歩いて自家用機へ行った。だれがアキーフを裏切ったのか、わからなかった――だが、これがテヘランにいる人間ひとりで統制できるような作戦ではないことは明白だった。ジェット機に近づくあいだに、サーレヒーは失敗に終わった前の作戦のことを思い起こした。

ほころびがひとつあると気づいた――サーレヒーの後援者、イラン・イスラム《ヴェイザラートエ・エッテラーアト・》共和国情報省《ジョムフーリエ・エスラミーエ・イラーン》特別聖職者裁判所のアリ・ヨーネシー判事にあからさまに敵対する勢力。

強大な力を持つ、指導者の専門家会議《マジュレス・エ・ホブレガーン・エ・ラフバリー》。

15

イラン、テヘラン
指導者の専門家会議
七月二十三日、午前六時

ホラーサーン州の高位の聖職者で、指導者の専門家会議の第一副議長のアーヤトッラー・アリー・アスガル・アーラミーは、アッラーの寛大さと慈悲を心の底から請願して、夜明けの礼拝《ファジュル》を終えたところだった。感謝の念を胸に、アーラミーは執務室の隅の礼拝用絨毯《じゅうたん》から離れた。

膝まである白い上衣に大きな白いクーフィーという質素な身なりの七十七歳の聖職者は、デスクのノートパソコンのほうへ行った。いつもとおなじように夜明け前に来て、昨夜からのメールを読んだ。しかし、きょうここにいるのには、モントリオール発のニュースを確認するという、もうひとつの目的があった。

イスラム共和国通信《IRNA》のウェブサイトに掲載されているとは思わなかったが、礼拝前に写真と動画を見て、パキスタン人化学者の死は、ヨーロッパと北米のすべてのニュースで報じられていることがわかっていた。

西側のウェブサイトの最新ニュースをクリックしていると、待っていた個人宛《あて》メッセージが届いた。鉄道駅にパキスタン人化学者を迎えにいってから、スタンレー通りのホテルへ行くよう指示してあった、モントリオールの不活性工作員《スリーパー》のダウードからだった。

第二と第三のターゲット沈黙。

顎鬚を生やした痩《や》せた聖職者は、カナダのCTVのウェブサイトに切り換えてそれについてのニュースが流れるのを待ち、ダウードとその弟のファズールの身許が割れなかったかどうかをたしかめた。食品デリバリーの仕事をやっているその移民ふたりは、カナダに配置された貴重な資産《アセット》（諜報や工作に利用できる人間、装備、物品、施設などすべてを指す）だと聞かされている。

アーラミーは心のなかで唱えた。不信心者との戦いで死ぬものもまた貴重だ。

ニュースサイトが表示され、ホテルの廊下でパキスタン人の母親と娘が首を絞められて死んでいたことについて、最新情報を伝えた。

不幸なことだが、こうするしかなかったと、アーラミーは思った。化学者が死んだのを知った娘は、身を護ろうとした。そのためには、この計画に関わっていた人間について知っていることを彼女は明かさざるをえない。ヨーネシー判事からの情報をイエメンに伝えるというアーラミーの役割が暴かれるおそれがあった。ヨーネシーはロシアから核兵器を手に入れるのに失敗したにもかかわらず、力が衰えず、復讐心に燃えていて、野心を抱いている。穏健派でもあり、もっと大きな権力を握った場合には、世俗的な大衆に迎合して、内部からの政権交替を計ろうとするかもしれない。最高指導者は気づいていないが、アーラミーや専門家会議の数人は、それを見抜いていた。ヨーネシーを阻止し、交替させる必要がある。しかし、それには信頼できる操り人形が必要だった。アフマド・サーレヒー大佐を説得し、協力させなければならない。

アキーフとその家族は、パキスタン人だが、イスラム教徒だった。彼らの死に祈りを捧《ささ》げることは許される……そのいっぽうで、彼らの口を封じられたことについて、アーラミーはアッラーに感謝していた。

16

ヴァージニア州フォート・ベルヴォア・ノース
七月二十二日、午後九時四十九分

チェイス・ウィリアムズは、ブラック・ワスプの三人を将校クラブで割り当てられた二階の部屋に行かせた。今後のことに全員が注意を向けてはいたが、ここにいつまでいることになるのか――それに、どこへ行くことになるのか――ウィリアムズには見当もつかなかった。休めるときには休んでおくのが最善だった。

ウィリアムズは、クラブのダイニングエリアにずっといた。休むべきだとわかっていたが、危機のあいだずっとはいってくる情報を把握するのが――オプ・センターにいたときとおなじように――自分の仕事だった。そのときもいまも、現場にチームがいる場合はべつとして、断片的な情報がまばらに届くだけだ。オプ・センターでは、たいがいの場合、おなじ状況に置かれているプロフェッショナルのチームがあたえてくれる推測で、そういう情報をつなぎ合わせることができた。そういった面からすると、いまのウィリアムズはめずらしく無力感を味わっていた。着想はつぎの着想を生む。いっぽう、とりとめのない思考は、任務とは無関係な話題に導かれがちだ。〈イントレピッド〉。以前のチーム。新しいチーム。ひとりも現場に出たことがない。より高い地位を目指して競うジャニュアリー・ダウ。目の前の責務に集中しなければならないが、それには集中する対象が必要だった。しかし、情報機関も捜査機関も、完全に沈黙している。

携帯電話のスクリーンの隅にニュースが表示されていた。モントリオール警察署のそばにとめてあったバンから、死体が発見されたと、CNNが報じていた。

〝未確認の報告によれば、処刑方式で殺されていて、遺体から発見された外交官の書類により、駐在地は――〟

電話が鳴った。ベリーからで、ホワイトハウスの暗号化された回線を使っていた。ウィリアムズはブルートゥースの暗証番号を打ち込み、通話をつないだ。

「どうぞ、マット」

「何者かがパキスタン人化学者を殺した」ベリーがいった。

「モントリオールの殺人か？」

「そうなんだが、手際がよすぎる」ベリーはいった。「カナダ安全情報局が被害者の身分証明書と、ニューヨーク発の使用済み航空券を調べている。名前はハフィズ・アキーフ博士。化学者」

「拷問《ごうもん》は？」

「傷があったとは報告されていない……頭の上半分がないことを除けば。殺された男が関係していたと想定しよう。だれがそのことを知っていて、逃亡先も知っていたか——それに、どうして死体を警察に見つけさせたのか？」

「われわれの追跡が堂々巡りになるように、身代わりにしたのか、それとも、われわれがその男から後援者かサーレヒーまでたどるのを期待したのか」

「だったら、生きたまま警察に突き出して、訊問を受けさせればいい」ベリーがいった。「どうして黙らせたんだ？」

「その男は、そこでだれかに会う予定だったのか？」

「わからない。それに、幼児を連れた若い女といっしょに旅行していた。そのふたりはまだ発見されていないが」

「われわれがモントリオールへ行くべきだと思ってはいないんだな？」

「行かなくていい」ベリーはいった。「すでに捜査員が群れをなして向かっている。それに、大統領はきみにそういうことを望んではいない。それでもうひとつ伝えることがある。サーレヒーはその化学者とともに旅してはいなかった」

「それが標準の作戦手順だよ、マット」

「ああ、だが、おなじ空港から出発したかどうか調べている。たがいに掩護《えんご》するためにはそうするだろう」

「そうだ。航空券がほんもので、死んだ男が関係していたと想定すれば」

「ああ。くそ。たいへんだ」

ベリーが送話口を覆って、だれかと話をしていた――ハワードのようだ。ウィリアムズは一歩戻って、万事をもう一度仔細に考えた。明確なことはなにも浮かばなかったし、動機らしきものも見つからなかった。その化学者が合法的な活動を行なっていたのであれば、行き先をだれかが知っていて、そこで会ったはずだ。

ベリーが電話に戻った。「バンは三時間前に、トリニダード・トバゴから来た人間が借りた。防犯カメラには、若い黒人が写っていた。ジャマイカのなまりらしかったと、レンタカー会社の係がいっている――だが、IDは偽造だった」

「つまり、第三の関係者がいる」ウィリアムズはいった。「アキーフの行き先を知っていたか——それとも突き止めた人間が」

「あとのほうに賭《か》けるよ」ベリーがいった。「そいつは急いでバンを借りて、アキーフを迎えにいった——モントリオール中央駅の外へ。いまその情報がはいった」

「どこへ向かおうとしていたんだ？」

「それはまだわかっていない」

「これがどういう感じか、わかるか？」ウィリアムズはいった。「ウクライナでもおなじことがあった。ウクライナ政府軍対離叛《りはん》した特殊部隊員対ロシア」

「意見が異なる派閥か」

「そうだ」ウィリアムズはいった。「サーレヒーには、アメリカを攻撃する動機があった。だから、防犯カメラの前に現われて、自分の仕業だということを示した。借りは返した、と。しかし、イランがサーレヒーを派遣したとはかぎらない。いや、核兵器の件もそうだ。だれかが後援したのか、それとも極秘作戦だったのかもわかっていない」

「政府寄り、もしくは反政府勢力かもしれない」ベリーがいった。「われわれが神権政治を攻撃するように仕向けるために、サーレヒーを後押ししたのかもしれない。宗教指導者の仕業だと断定されるように。ありうるな」

「そのとおり」
ベリーが、愉快そうに笑った。「二時間に、そういう議論をやった」
「それで？」
「大統領は、イラン領内でちょっとした罰をくわえることを考えた」ベリーはいった。
「それに」ウィリアムズはつづけた。「パキスタンがただサーレヒーをかくまってい
ただけなのか、それとも積極的に関与していたのか――大使館を隠れ家として提供し、
化学者には実験室を用意したのか――も、わかっていない」
「パキスタンはそんなリスクは避けたいだろう」ベリーがいった。「この男の殺害で、
それが裏付けられるおそれがある」
「たしかにリスクが大きいが、イスラマバードは困窮《こんきゅう》している」ウィリアムズはいっ
た。「わたしたちが対パキスタン財政援助を削減したためだ――カラチの総領事の報
告書を読んでいるかな？　テヘランからの送金を探知していることについて」
「正直いって、読んでいない」
「借款と称して、数十億ルピーが送られている」ウィリアムズはいった。「そんな大
金を貸していれば、テヘランはパキスタン大使館のスペースを使用するだけではなく、
もっとさまざまなことを要求できるだろう。それだけではない。わたしたちが話した

ようなことすべてをイランとパキスタンがやっていたとしても、化学者殺しにはどちらも関わっていなかったかもしれない」

「処刑方式だったからだな」ベリーがいった。

「そうだ」

「ハワードもわたしもおなじ反応だった」ベリーはいった。「きみがいったような人間を捜すのに全力を尽くす。狭いバンの車内で発砲したために何日か耳がよく聞こえなくなっている人間を捜そうと提案した」

ウィリアムズは首をふった。「わたしたちはなにかを見落としている、マット」

「見えているのに気づかないこと、あるいはまだ見つけていないことか?」

ウィリアムズは答えた。「どちらでもない。三十分くれ。読みたいファイルがある」

17

ヴァージニア州フォート・ベルヴォア・ノース
七月二十二日、午後十時六分

ウィリアムズがマット・ベリーとの電話を切ったとたんに、ホテルでふたりの死体が見つかったことをCNNが報じた。

〝部屋の外の廊下で絞殺されているのが発見されました〟レポーターがいった。〝犯人は非常階段から侵入したと思われますが、まだ確認されていません。これから防犯カメラの映像が公表されます〟

多くの部分が動いて、重大な事柄が起ころうとしているという感覚が、いままで以上に強まっていた。ウィリアムズは、ジョン・F・ケネディ大統領暗殺を思い浮かべた。リー・ハーヴェイ・オズワルドが、教科書倉庫ビルから大統領を撃ち、警察官殺害容疑で、劇場内で逮捕され、その後、移送されるときにジャック・ルビーに撃ち殺された――。

「だが、この一件を何十年も謎のままにしておくことはできない」ウィリアムズは、考えたことを口に出した。

現在の状況の全体像を描くのに、一見、関係がなさそうな出来事を利用しようという、先ほどからの考えも強まっていた。ウィリアムズはパスワードを打ち込んで、特定の供述録取書を呼び出した。

「すべては〈ナルディス〉沈没と関係がある。〈ナルディス〉はロシアのアナドゥイリでの作戦にまつわるすべてと結び付いている」ウィリアムズはつぶやいた。つまり、まだ探っていない道すじがひとつ残っている。

ウィリアムズは、〝アミール・ガセミ准将：会見〟という表題のファイルをクリックした。

「なるほど、〝会見〟か。〝訊問〟ではなく」不愉快に思いながら、ウィリアムズはつぶやいた。ファイルはジャニュアリー・ダウのものだった。このいわゆる宿敵の書類はすべて、攻撃的ではない表現にねじ曲げられる傾向がある。

ウィリアムズはこの訊問のときに立ち合い、亡命希望者の話があちこちの地域にちらばっていたことを憶えていた。話し合いが終わったとき、その場にいた人間はだれも——ジャニュアリー・ダウやガセミを監禁するのにＦＢＩの施設を用意したアレン・キムも含めて——ガセミが怯えていて話の要点に集中できなかったのか、それとも意図的に話をぼかそうとしたのかということについて、意見が一致しなかった。いまだにその判断は定まっていない。

保護するかどうかという問題が決断されるまで、ジャニュアリーがヴァージニア州のどこかの隠れ家にガセミを移送した。ガセミの亡命後にさまざまな事件が起きたため、ひきつづき聴取するのは無意味になった。だが、聴取を受ける人間は、真実らしく見せかけるために、嘘のなかに事実を織り交ぜることが多い。ガセミは、しろうとを相手に話をしているわけではないので、自分のいうことは徹底的に調べられる可能性があるのを承知していたはずだった。

供述録取書をスクロールし、名前や派閥を探すうちに、ウィリアムズは自分とガセミとのやりとりに目を留めた。

ＡＧ：よりによってわたしは、クルド人と戦うためにアデンからやってきたフーシ派の小部隊の信仰を見定めるために派遣されたのだ。

ＣＷ：イエメン各地でフーシ派にあなたの国が提供してきた戦術・経済支援の延長ですね。

ＡＧ：そのとおり。

その供述は、一見、きょうの攻撃と直接の関わりはないように思えた。しかし、ウィリアムズはそれを軽視できなかった。

電話が鳴った。

「はい、マット？」

「カナダ当局は、容疑者の出身地からして、二件の殺人がテロ組織ＪＡＭ――ジャマート・アル・ムスリミーン（〝ムスリムの集団〟の意味）と結び付きがあるかもしれないと考えている」

「トリニダード・トバゴ」ウィリアムズはいった。

「たしかにそこに拠点があるが、カリブ海のいたるところにいる」ベリーがいった。

「きみたちをそこへ派遣すべきだと、大統領は考えている。カナダに細胞《セル》がいて、トリニダードから差し向けられたのだとすると、サーレヒーがハバナからカリブ海を経由し、未詳の目的地へ行く可能性がある」

「ありうるな」ウィリアムズは同意した。

「五時間のフライトだ」ベリーがいった。「きみのチームが一時間以内に出発できれば、闇《やみ》にまぎれて降下できる」

「彼らに知らせる」ウィリアムズはいった。「ひとつだけ、マット。わたしもいっしょに行く」

一瞬、沈黙が流れた。

「マット?」

「じつは、きみがそういうだろうと、大統領にいったんだ」

「大統領の反応は?」

「サーレヒーを捕らえるのであればかまわないといった」

「支援に感謝しますと伝えてくれ」ウィリアムズはいった。

「支援ではなく裁量の余地をあたえられたと思ったほうがいい」ベリーがきっぱりといった。

「わかっている」ウィリアムズは答えた。「入国したら連絡する」

「第4艦隊に海上脱出の準備をさせるように手配する——それまで、用心してくれ」

そういってから、ベリーは電話をきった。

それもすこし生ぬるい——だが、理解できる。ウィリアムズかチームのだれかが捕らえられたら、だれに派遣されたとかということに注目が集まる。大統領を護るために、ベリーが全責任をかぶる可能性が高い。自分の地位を護ることよりも、サーレヒー逮捕を優先するのは、ベリーの愛国心と信頼の表われだった。

それまでじっさいに眠っていたのは、ブリーン少佐だけだった。JAGの仕事で国中を飛びまわった経験から、眠れるときには眠っておくべきだということを、ブリーンは身をもって学んでいた。

装備ベストだけを身につけて私服でダイニングエリアに集合したチームは、陸軍航空作戦群のスチュワート・シエナ最先任上級曹長に出迎えられた。ウィリアムズにはベストがなかったが、使えそうな肉切り包丁も含めたキッチンの調理用具で間に合わせた。それを白いエプロンでくるんで、紐《ひも》を締めた。さらに、私物の拳銃も持った。迷彩塗装の高機動多用途装輪車《ハンヴィー》に乗り、第12航空大隊のUH‐72ラコタ・ヘリコプター用格納庫まで短い距離を運ばれていった。

「パラシュートはUH‐60に積んでありますし、あなたがたは全員、降下の経験があると聞いています」シエナがいった。

「準備はできている」助手席から、ウィリアムズはいった。

「了解しました」シエナがいった。「フロリダのエルジン基地までお送りします。そこからはF27フレンドシップ（アメリカ陸軍ではC‐31だが、この民間機の名称が広く通用している）に乗っていきます。ターボプロップ・エンジンの音は、現地のたいがいの飛行機とおなじなので、注意を惹きません。UH‐60を使うと、途中で一度給油しないといけないし、最大速度でも暗いうちにターゲットに到達することができません」

「わかっている。それに、あれこれ手配してくれてありがとう」

「それが仕事ですから」若い上級曹長は、笑みを浮かべた。「フロリダの大気動力学担当が……良好だといってます。時差は向こうが一時間早いし、向かい風やセントヴィンセント・グレナディーンの低気圧で対気速度が変動しても、日の出が〇六：五一なので、約三十分の余裕があります」

　ウィリアムズは、こういう軍の能率のよさが大好きだった。巨額の予算、交付金、無駄な事業計画のことで、軍は政治家やマスコミにさんざん叩かれている。それは当然のことだ。しかし、組織で働くひとびとと、そのプロ意識には、つねに元気づけられる。そこに復帰したのはいい気分だった。それに、高い評価を受けたこともうれしかった。車が止まると、シエナ上級曹長が、ウィリアムズの間に合わせの荷物を褒《ほ》めた。

「昔ながらの野外での工夫ですね」敬礼しながら、シエナがいった。「とてもいいですね」

UH-60ブラックホーク・ヘリコプターが待っていて、ウィリアムズがベリーと話をしてから約三十分後に、チームは離陸していた。すぐにパラシュートを点検した。装具係が非の打ちどころのない作業で、T-11個人用パラシュート・システムを準備していた。メイン・キャノピーは、膨らんだときの直径と表面積がT-10よりも大きく、開傘時の衝撃と降下中の揺れが最小限に抑えられている。降下速度が秒速七・三二メートルから五・七九メートルに下がったので、着陸時の負傷率が低下した。故障の際のリザーヴ・キャノピーの展張も速くなった。

ウィリアムズは、T-10で何度か降下したことがあるので、これも扱えると自信を抱いていた。

だが、二十年近くやっていないという要素を考慮しなければならないと、すぐに自分をいましめた。

チームがターゲット地域のデータと、テロ組織に関する現地の英字新聞の記事と情報要報を検討したので、エルジン基地までのフライトはあっというまに過ぎた。ベリーがウィリアムズに送ってきたものを、ウィリアムズが三人の秘密保全措置をほどこした携帯電話に転送した。カリブ海のそのテロ組織に関するファイル化されたデータは、国防総省向けにまとめられたもので、南方軍の地域横断脅威ネットワーク対応群が作成した緊急展開攻撃戦略と特殊作戦用事案想定《シナリオ》が含まれていた。ブラック・ワスプ向けの特殊作戦潜入プランDにベリーは、〝実戦配備状態〟と記していた。計画では、トリニダード島のナヴェット川の北に降下する。そのすぐ西に沼地のようなナヴェット貯水池がある。

「降下地点からそれると、水だらけだ」ブリーン少佐が指摘した。

「報告書によれば、テロリストはその川を使って補給品や人員をココス湾へ運んでいる」ウィリアムズはいった。「そこから大西洋に出る。情報収集にはうってつけの場所だ。脱出にも――」

いいながら、ベリーからのメールを確認した。「海軍のミサイル巡洋艦〈ジャシント〉が、そのほかの情報収集艦とともに付近にいて、大西洋のロシア艦艇を監視している」

「おれが思っていたよりも、ずっと活動が盛んなんですね」着陸直前に、リヴェット兵長がいった。

そのとおりだとウィリアムズは思ったが、注意を喚起し、頭から離れないことがほかにあり、それについては黙っていた——またしても——フォート・ベルヴォアでずっと考えていたことだった。ここでは毛色のちがっている三人が入り混じって行動している。そのうちのだれかが、攻撃目標《ターゲット》に影響をあたえて、予想していなかったまったく異なる方針をとらせる可能性があるのではないか。

18

トリニダード・トバゴ、ポート・オヴ・スペイン
七月二十三日、午前二時三十四分

エアコンが効いているということだけでも、そのジェット機に乗る理由としてはじゅうぶんだった。

アフマド・サーレヒーは、サーレヒーが理解できるどの言語も話せない副操縦士に出迎えられ、だれにもわずらわされることなく独りで豪華なキャビンに座っていた。ハバナからトリニダード・トバゴのピアルコ国際空港までのフライトに、四時間かかった。そのあいだにサーレヒーはスマートフォンで目的地についての情報を読んだ。航海中にはつねにそれをやっていた。ハバナへ行ったときも、スマートフォンでキューバのことを調べた。

トリニダードとトバゴの二島は、クリストファー・コロンブスが到達して以来、ヨーロッパのさまざまな国の植民地になり、一八八九年に二島が統合され、一九七六年にようやく独立した共和国になった。観光で栄えている国で、JAM——ジャマーアト・アル・ムスリミーン——の理想的な集結地域である理由が、サーレヒーにはよくわかった。世界中から旅行者が来て、ここから世界の無数の目的地に向けて出発する。適切な書類があれば、だれでも素性を調べられることなく容易に出入国できる。

とはいえ、テロリストたちはおおっぴらに活動することはできない。政党として、一度それをやろうとしたことがあった。JAMは、一九九〇年七月にクーデターを起こそうとして失敗した——だが、六日間つづいたあいだ、首相と閣僚たちがポート・オヴ・スペインで人質にとられた。失敗したことが明らかになると、このテロ組織は危機を終わらせることと引き換えに恩赦を取りつけた。その後は非合法活動に転じて、爆破事件とすくなくとも一件の暗殺に関わったが、他の過激派組織が勃興すると、宿敵よりも競合する組織に注意を向けざるをえなくなった。争いの動機は縄張りだけではなく、資金の奪い合いだった。

やることが粗野で、統制もとれていないと、サーレヒーは思った。だが、資源のある何者かが、彼らを信頼した。報酬を払い、ここまで送らせたのだ。

サーレヒーは、あとの時間をクラヴマガの型をやるのに使った。サーレヒーのような仕事には格闘戦の技術が必要だが、それだけではなく、脳が肉体に制御されるようになる。いまのようなときはことに、あれこれ考えないほうがいい。特徴のない黒いトヨタのミニバンと運転手ひとりだけが迎えにきていた。降機し、駐機場のその車を見たときに、愕然《がくぜん》とした。たちどころに、バンの車内でアキーフが殺されたことを思った。

だが、この連中が殺したいと思っていたのなら、飛行機から突き落とすこともできたはずだと、サーレヒーは思った。

トリニダード・トバゴの首都はまぶしいくらいの明るさで、予想以上に道路交通が多かった。世界各地の大きな港町にあるような大型ビルが建ちならび、夜の歓楽も盛んだった。バンはそれらをあとにして、港湾地帯を経て北のディエゴ・マーティンへ向かった。バンは、現代風の白い七階建て集合住宅群の正面にある円形の中庭にはいった。

そこから建物の横にまわり、斜路を下って地下駐車場へはいった。黒いTシャツと黒い半ズボンの地元の人間がふたり、そこで待っていた。ふたりとも一九〇センチを超えていそうな長身で、薄い顎鬚を生やし、サンダルをはいていて、険しい表情だった。二十代後半のように見えた。ふたりが運転手に話しかけ、運転手が離れていった。用心深い目つきで、たえずあちこちを見ていた――神経質なのではなく、几帳面《きちょうめん》に目を配っていた――ひとりがサーレヒーの前に来て、もうひとりがうしろにまわり、いっしょにエレベーターに乗った。エレベーターが動いている短いあいだに、それぞれニクとヴィンセントだと名乗った。最上階に着くと、そこは清潔で静かなフロアで、ひろびろとした風通しのいい現代的なアパートメントへ連れていかれた。ヴィンセントが煙草《タバコ》に火をつけて、サーレヒーに勧めた。サーレヒーは首をふった。イスラム教徒と喫煙についての正式な法的見解《ファトワー》はないが、それでもサーレヒーが知っている多くの人間が極端なくらい喫煙を禁じている。この男は聖戦主義者というよりは、怒り、貧しく、反逆的なだけなのだろう。

そのアパートメントのリビングには、さまざまな武器が無造作にならべてあった。コーヒーテーブル、キッチンのカウンター、肘掛け椅子やソファの横の床。サーレヒーは、CZ‐75セミオートマティック・ピストル一挺《ちょう》、一二番径のショットガン一挺、MAC‐10サブマシンガン一挺を見分けた。大鉈《マチェーテ》の柄《え》がソファのクッションの下から突き出しているのにも気づいた。

右利きが必要なときに抜きやすいように、肘掛けのそばにあると、サーレヒーは気づいた。

一瞬、銃を一挺取ろうかと思った。必要になるかもしれない。

サーレヒーは、テラスに出るアーチになった戸口へ行くよう指示された。途中でふた間ある寝室の前を通った。どちらの寝室も、折り畳み式の簡易寝台が隅に積んである。どうやらこのふたりは、移動のための拠点の番人らしい。ジャマーアト・アル・ムスリミーンかその系列組織の人間がここに宿泊し、ブリーフィングを受け、武器を供給され、報酬をもらって、任務に送り込まれているにちがいない。

ヴィンセントが、サーレヒーのあとから夜の闇に出てきた。テラスは暗く、静かだった。大理石の天板の小さな円卓があり、鉄の椅子が一脚だけあった。ノートパソコンの蓋《ふた》があいていて、モニターが椅子に面していた。その裏側は外を向いていた。椅子に座らないと、べつの方向からではモニターが見えない。そのことからも、このアパートメントをどういう人間が活動拠点に使っているか察しがつく。

ヴィンセントが、座るようサーレヒーを促した。サーレヒーが座ると、ヴィンセントは離れていった。すぐにボトルドウォーターとトレイに載せた果物を持ってきた。サーレヒーはリンゴを手に取り、食べながら外を眺めた。ひどく空腹だということに、ようやく気付いた。

五感が狂っていて、頭がふらふらした。攻撃から十五時間ほどしかたっていないことが、信じられなかった。だれかが自分の体を借りてやったことのような、遠い出来事に思えた。この数週間、ずっとそんな感じだった。そしていま、母国に帰るどころか、不意にべつの新しい場所に送り込まれた。海を航海しているのであれば、順応する時間があるのに、それもない。

海のことを考えれば、どんな海のことでも、注意を集中し、気持ちを安定させるのに役立つ。サーレヒーは円卓の向こうを見た。おなじ七階建てが数百メートル先にあり、その向こうの遠くに静かなパリア湾があり、そこを航行する船の明かりがかすかに揺れていた。サーレヒーは、大西洋、ベネズエラ、スリナムへ航海したことがあったが、カリブ海に来たことはなかった。

〝サナアにあんたを崇拝する人間がいて、隠れ家を提供してくれるからだ……それに船も一隻〟。ファン・ウルティアがそういっていた。サーレヒーがトリニダード・トバゴのことを考え、蛇の口《ボカ・デ・セルピエンテ》と呼ばれる海峡を目にしたとき、何事にも増して、力強い海を足の下に感じたいと思った。荒海、なにがあるか予測できない海峡、穏やかな湾。

ほかに理由がなくても、あの軍艦、〈イントレピッド〉は焼かなければならなかった。軍艦を見世物にするとは何事だ。水と火で、ふさわしい葬式を挙げてやったのだ。ノートパソコンのスクリーンが、ぱっと明るくなった。サーレヒーはリンゴの芯《しん》をトレイに置き、スクリーンに目を向けた。顔が中央を占めていた。

知らない顔だったが、それでも……見おぼえがある感じだった。青白い長い顔、控え目な顎鬚。黒縁の眼鏡、濃い眉、きつい目つき。白いクーフィーの下は禿頭《とくとう》のようだった。クーフィーとの境がわからないくらい青白い。目を除けば、温和な顔だった。サーレヒーが会ったあらゆる高位の聖職者とほとんどおなじように見えた。顔が似通ってくるのは、静穏な態度を身につけるからだろうかと、サーレヒーは思った。

「トリニダードにようこそ、サーレヒー大佐」男がいった。

公式声明のような言葉で、海に匹敵するくらい心を落ち着かせる効果があった。数週間ぶりに母国語で話しかけられたのもありがたかった。相手にそういう意図があったことは明らかだと、サーレヒーは思った。

「ありがとう、猊下《げいか》」サーレヒーは答えた——一般的な敬称を使ったのは、聖職者だということのほかには、なにも情報がないからだった。

モニターに映っている男が、その挨拶に対してかすかにうなずいた。「サーディー」と呼んでくれ」物静かにいった。「きょうのあんたの勇敢で重要な行為に、わたしのほうがお礼をいうべきだろう」

「あれが思想ではなく名誉のための任務だったことを、いっておくべきだろう」サーレヒーはいった。「それに、わたしの仲間、故アキーフ博士にとっては、それですらなかった。アキーフはやると同意した仕事をやっただけだった」

「わたしも彼に仕事をやらせるつもりだった」サーディーがいった。「娘と孫娘のためではなく、自分のためにも、彼は引き受けるべきだった」

それを聞いて、サーレヒーは身をこわばらせた。

「そうだ、大佐」勧められた紅茶を受け取るようなさりげなさで、サーディーがいった。「娘がカナダの官憲に連絡しようとしたので阻止した」

「死んだのか？」サーレヒーはいった。質問ではなく、非難する口調だった。

「悲しいことだが、そうだ。わたしの世界には、二種類の人間しかいない」サーディーがつづけた。「わたしに協力する人間と、死人だけだ。パキスタン人たちのことは、もうどうでもいい。あんたのほうが肝心だ。あんたはどっちだ？」

「うしろに武器がごまんとあるところで、わたしにそうきくのか」サーレヒーはいった。

「必要な予防措置だ」サーディーがいった。「安全を維持するために、あんたがいる隠れ家、そこへあんたを運んだ人員と手段は、秘密にしなければならない。だが、忘れないでほしい。あんたがイランの宗教指導者やロシアの歩《ポーン》にならないように救ったのは、わたしだ。あんたは自分の国の人間に見捨てられ、アメリカに引き渡されて、裁判にかけられ、公に辱《はずかし》めを受けていたはずだった。わたしはあんたに命と、アッラーへの奉仕と、船を提供する」

サーレヒーは、サーディーという男とそのやり口が気に入らなかった。名誉などなく、狂信的なだけだ。異議を受け入れる余地がない。サーレヒーは、イランの宗教指導者たちに同意できなくても、イラン国民の多くとおなじように、ほぼ世俗的な暮らしを営むこともできた。サーディー本人の手が届かないところへ行くのは可能だろうが、サーディーの工作員から逃れることはできるだろうか？

ペルシア人が何世紀にもわたって置かれてきた状況だと、サーレヒーは思った。死と隷属のどちらを採るか。ここでの死は、サーディーの申し出を断ってから、脈が数十回打つ間もなく訪れるだろう。

サーレヒーはいった。「あんたが船を持っていると聞かされている」

サーディーが、はじめて笑みを浮かべた。「わたしはかなりの規模の船団を所有している」サーディーがいった。「あんたのために用意しているのは、ばら積み貨物船《バルク・キャリア》、重量トン数は二〇万三〇〇〇トン。あんたが指揮し、世界中をまわる――現在進行中の任務も含めて」

「どういう任務だ？」

「武器、人間、麻薬、現金、その他の商品を、船荷目録にある積荷といっしょに運ぶ」サーディーがいった。「これはすべて聖戦の運動を促進するためだ。それに、報酬も払う。なにもかも、きわめて合法的だ」

「表面上は」サーレヒーはいった。

サーディーの笑みが、顎鬚に隠れた。「大佐、あんたは大義を信じていないというのか。しかし、イスラム教徒だろう」

「もちろん」

「それを認めるのであれば、不信心者をテロ行為で支配するのがわれわれの使命だということを受け入れたことになる。〝彼らの首を打ち切れ〟」サーディーが、『聖クルアーン』から引用した。「これを達成するには、勇敢な人間が何人も必要だ」サーディーが、カメラのほうへ身を乗り出した。「あんたがわたしの提案に、確信をもって承諾するかあるいは必要に迫られて承諾するのを拒んだら、死ぬしかない。わたしの聖戦主義者の手にかかって死ぬか、アメリカ人の腐り果てた意向によって死ぬ」

「強制されている人間でも受け入れるのか?」

サーディーが座り直した。「きょう運動の英雄となった男を、わたしは受け入れ、信じる。預言者ムハンマド——彼の上に平安がありますように——は、われわれの勝利はアッラーのみによって成就されることを明らかにしている。あんたを否定するのは、預言者とアッラーそのものを否定するのとおなじだ」

サーレヒーには、サーディーがお世辞をいったり、操ろうとしたりしているようには思えなかった。サーディーは明らかに、安っぽい感傷や感情抜きで、自分に課した任務を信じているようだった。目標を達成するためには——迅速な処刑も含めて——なんであろうとやるつもりにちがいない。

サーレヒーは、きわめて不満が大きいふたつの選択肢を突きつけられた。いっぽう、サーディーの提案を拒絶するという三つ目の選択肢は、これまでの愛国的な一生を台無しにする。イラン人とは名ばかりで、海軍将校の栄誉も消滅する。それを受け入れることはできない。

だが、提案を承諾すれば自分の立場をつねに掌握できると、自分にいい聞かせた。あらたな悪名をあたえられ、掩護してくれる人間もいる。それに、海に出られる。

それに、生きつづけられる。

「あんたの提案を引き受ける、サーディー」サーレヒーはいった。「つぎの行動は？」

「今夜はそこに泊まり、あすの午前遅くにイエメンに向けて出発し、わたしと会う」サーディーが答えた。「期待していた……引き受けてくれるだろうと。わたしの自家用機がすでにそっちへ向かっている。あんたが船の指揮をとる前に握手をしよう。あなたの上に平安がありますように」

「あなたの上にも平安がありますように」サーレヒーは答えた。

サーディーが接続を切ると、サーレヒーは自分が約束したことを思い返した。いまの話のなかで、ノートパソコンを閉じて、海を眺めたときもサーレヒーの頭に残っていたことがひとつあった。サーディーのいうとおりだ。サーディーとその手法にいくら賛成できず、根本的に意見がちがっていても、最後の挨拶がそういったことをすべて脇《わき》に押しやった。ほとんど魔法のように故郷に帰った心地だった。政治と裏切りが渦巻くイランに帰るわけではないが、もっと深遠な根本に立ち帰ったような心地だった。

純粋で清廉《せいれん》な信仰の同志愛に招かれたのだ。

19

F27フレンドシップの機内
小アンティル諸島の上空、高度二四〇〇フィート
七月二十三日、午前四時四十三分

ターボプロップ・エンジン二基を搭載したフォッカーF27フレンドシップは、とにかく寒くて、ガタガタ音をたてていたので、窓のまわりから風が吹き込んでいるのだろうと、ブリーン少佐は思った。それでもブリーンはしばらく居眠りして、それから任務のことを考えた。詳細についてではない。それはチェイス・ウィリアムズの責任範囲だった。ブリーンはチームそのものについて考えていた。

「新種だ」国防総省の連絡官、バディ・ロヴェット陸軍大将が、三人にいったことがある。陸軍はあくまで陸軍のままだ。チームはもちろん、あの恐れられているすばし

っこい獰猛な蜂――ブラック・ワスプにちなんで命名された。

シンクタンクで生まれるとそういうことになると、ブリーンは思った。この一件では孵化《ふか》場はアメリカ陸軍訓練教義コマンド《TRADCOM》だった。この部隊では、〝新しいもの〟はなんでも、かならず委員会が設計するような保守的な〝旧いもの〟を背負い込まされる。

それでも、発想の真髄はあまり損なわれることなく実現した。ブリーンが志願して参加したのは、それが理由だった。多様なスキルを有する迅速展開部隊を用意するだけではなく、あえて訓練不足の状態を維持することが、発想の中心にあった。ロヴェットが最初に提案したとき、それでどうしてうまくいくのだろうとブリーンは想像した。

それぞれの複数のスキルがおたがいを補うことで、チームが順応しやすく、流動的になり、ロヴェットが〝状況指揮《シチュエーショナル・コマンド》〟――略してＳＩＴＣＯＭ――と描写したものによって動かされるという考えかただった。つまり、上官の指揮は、スナイパー、格闘戦、科学捜査の専門家のスキルが必要になったところで無効になる。

「ＳＩＴＣＯＭ《シットコム》よりもっとましな略語を考えたらよかったのに」ブリーンはそのときにロヴェットにいった（シチュエーション・コメディを略してこういうことから）。だが、だれもそんなことは考えなかったと、ロヴェットはいった。

TRADCOMのだれかならおかしいと気づいたにちがいないとブリーンは思ったが、黙っていることにした。

この秘密攻撃チームが、現場で、あるいは銃撃を浴びたときにどのように機能するのか、だれにも確信はなかった。モルモットの役割を果たすチームの仮の名称は、〝進歩的潜入グループ〟のほうが適切ではないかと、ブリーンは提案した。最初の訓練のときに、それを聞いたロヴェットがくすりと笑った。あるいは不安の表われだったのかもしれない。このチームの方針がすばらしい発想なのか、それとも正気ではないのか、休憩時間にチームのメンバーと教官たちがおおっぴらに議論することもあった。

ブリーンはいまだに確信を持てなかったが、まもなくどちらなのかわかる。最初の任務を開始したとロヴェットに伝えたかったが、〝招集〟メッセージを発信したらロヴェットとはいっさいの連絡を絶つことが、ブラック・ワスプの既定方針に含まれている。秘密チームで独自に活動するというこの着想を、ロヴェットはかなり真剣に受け止めていた。手順を破れば、実験が台無しになる。

それに、この四、五年の軍歴がまったくの謎のチェイス・ウィリアムズがいる。その前の軍歴三十五年のことは、太平洋軍と中央軍のウェブサイトにある資料、写真、会談の記録を検索した結果、判明していた。そのあとはなにもない。退役したのかもしれないが、元将軍でもたいがいソーシャルメディアを使う。ウィリアムズに関するものは、なにもなかった。

上級部隊のデスクワークからブラック・ワスプに異動になったことを示すような記録もなかった。だが、ひとつの結論が導き出された。情報を自由に扱うことができ、国家安全保障関連の用語を豊富に駆使することからして、実態がわからない年月、ウィリアムズがその分野に関わっていたことがなんとなくわかる。たんにCIAやNSAの仕事をやっていたのなら、隠蔽する必要はない。

ウィリアムズはずっとどこかに隠されていたのだと、ブリーンは結論を下した。レーダーには探知されていなかったが、実地に試されていない素材であるわれわれ三人を任せられるくらい重要視されている。

アメリカ政府という的にダーツを投げれば、公にされている活動よりも、非合法もしくは秘密の諜報活動に命中することのほうが多いはずだから、これ以上調査してもしかたがない。だが、いくつか際立っていることがあった。

重要人物とおぼしいチェイス・ウィリアムズのような幹部は通常、急にふだんの仕事を離れて、現場の作戦に参加することはない。メンバーとともに訓練したことがないどころか、二十年近くデスクワークをやっていた人間をあえてチームにくわえたのは、重大な理由があるからにちがいない。

どんな理由だろう？　ブリーンは考えた。

〈イントレピッド〉に関係がある可能性が高い。そうでなかったら、チームがこれからどこかへ行かされるはずがない。ウィリアムズは現役ではないようだから、〈イントレピッド〉とのつながりは、テロ攻撃の首謀者に関わることにちがいない。そいつをウィリアムズが知っているか、そいつに関する情報を握っている可能性が高い。そうだとすると、ウィリアムズにならそいつのいどころを突き止められるだろう。

ほかにも、ウィリアムズについては、際立っていることがあった。ブリーンは宣誓証言や軍法会議をさんざん見てきたので、罪悪感が態度や表情に現われればすぐにわかる。ウィリアムズは、たましいに家一軒ほどの大きさのものを背負っているように見える。それもブリーンが目にしてきたことを彷彿させた。犯罪ではなく能力不足のために裁かれる男女が、ちょうど法廷ではそんなふうに見えた。

ウィリアムズは、とてつもなく大きな情報活動の失態で、尖兵《せんぺい》をつとめていたのかもしれない。もしそうなら、これからの展開はすべて興味深く、スリリングで、危険だと考えられる。

朝の鮮明な映像とその後の出来事のせいで、チェイス・ウィリアムズは眠れなかった。ニュースの象徴的な映像が、すでに眼球に焼き付いていた。〈イントレピッド〉に陳列されていたスペースシャトル〈エンタープライズ〉の黒ずんだ尾翼が、特別に建造された陳列室の屋根の焼け焦げた残骸から突き出していた。

これまでのウィリアムズの仕事は、流れるように動いていた。人員、事件、会議、電話会議、情報、質問が、つぎつぎと流れていった。時間には境目がなかった。たいがいの場合、一日ははじまったと思ったら終わっていた。いまのように区切りの先のことを考えないというのは、ウィリアムズにとって新奇だった。ブラックホークで運ばれる。フレンドシップに乗る。パラシュートを点検する。休憩――いや、地図を吟味する。装備。情報更新。チェックリストのくりかえしの毎日。

宇宙飛行士の友人がかつてウィリアムズに、自分の命はそういう些細《ささい》なことと整然とした行動様式に懸かっているといったことがあった。ウィリアムズは、そういう手順は好きになれないだろうと思っていたし、いまもじっさいにそうだった。しかし、それが感情と精神の泥沼をもがき進むたったひとつの方法だった。新兵訓練のときの諺にあるように、右足と左足を交互に出せば前進できる。なぜなら、ウィリアムズは実質的にそういう状態に置かれていた。最初からやりなおし、初歩から学ぶ。経験は豊富だが、それはほとんどが管理という布に、戦術という糸を通したものだった。この先に待ち受けている物事に対処するには、その大部分を引き裂かなければならない。

ウィリアムズは、スマートフォンでずっと地図を見ていた。決まりきった手順を捨てなければならないと、キャビンの闇でウィリアムズは悟った。ブラック・ワスプは、非従来型の部隊だ。交戦規則に縛られていない……それに、とにかく今回は、倫理という重荷も担っていない。サーレヒーを発見し、捕らえるか、殺す。〝ルール〟はそれだけだ。

あとの三人が目を醒《さ》ましたので、ウィリアムズはそのあいだの通路でしゃがんだ。階級が上の将校として――退役しているが――任務の概要を強調する必要があると思った。

「これからきわめて単純な輪郭を示す」ウィリアムズはいった。「意見は大歓迎だ」

グレース・リー中尉は、通路に座っていた。リヴェットは窓ぎわにいた。グレースが肩越しにさっと通路の向かいのブリーン少佐を見たことが、白目の動きでわかった。スマートフォンの明かりで、ブリーンのまったく変化のない険しい顔が見えた。

「降下地帯は、JAM——ジャマーアト・アル・ムスリミーンが人員と物資を運ぶのにナヴェット川を使っていることから選ばれた」ウィリアムズは、画面をスクロールして指でなぞりながらいった。「法執行機関の負担が重くなるように、やつらは二十四時間ずっと活動し、内陸部から大西洋への輸送に、さまざまな船を使っている。そういう船を奪ってぶっ壊す。乗っているやつもろとも。そいつらか、そいつらが応援に呼ぶやつらを、地元のテロ生態系と接触する手がかりとする」スマートフォンの向きを変えて、チームを照らし、ひとりひとりの顔を見た。「意見は？」

「おれが夢見てた任務を説明してくれましたよ」リヴェット兵長がいった。

ウィリアムズは、グレースに目を向けた。

「いいですね」グレースが、表情を変えずにいった。

「ブリーン少佐？」ウィリアムズはきいた。

「ブラック・ワスプに憲章があるとしたら、それでしょう。単刀直入だ」一文字の口がねじれて、笑みが浮かんだ。「やりましょう」

20

トリニダード島、ナリヴァ沼地の上空、高度三五〇〇フィート
七月二十三日、午前五時五十六分

フレンドシップの副操縦士リーアン・ハウアド大尉が、コクピットから出てくる前にキャビンの照明を消した。降下する四人の目が暗闇に慣れるようにするためだった。つぎに、四人が黒いジャンプスーツを着るのを手助けし、装備の点検と降下準備を手伝った。それから、手動曳索《リップコード》ハンドルをすぐにつかめるように、念入りに指導した。四人は暗闇でも手探りでそれを見つける必要がある。

乗機のときにはじめて会ったとき、ハウアドは三十代後半だとグレースは見てとった。機長よりいくつか年上だった。グレースはたちまち憤慨した。四歳のときからニューヨークの中華街のモット・ストリートで育ったグレースは、男が支配する武術の

世界で必死に上を目指した。それによって強くなった……物事に敏感に反応するようにもなった。すべての力関係が差別とはかぎらないのだと、彼女は常に自分にいい聞かせなければならなかった——女性の上に男性、アジア人の上にヨーロッパ人、高齢者の上に若者。

だが、《マルベリー・コミュニティ》新聞を発行していた父親と、事実確認を怠らなかった母親のひとり娘であるグレース・リーは、真実を知ろうとした。

「立ち入った質問をしてもいい？」世話焼きの母親のようにハーネスを点検していたハウアドに、グレースはきいた。

「どうしてわたしがナンバー2かということよね？」ハウアドがいった。

グレースは不意を衝かれて、黙り込んだ。

「乗機したときのあなたの目つきでわかった」ハウアド大尉がいった。「男が先に選ばれたときに、若い新兵がそういう目つきをするのを、前にも見たことがある。答は、わたしが操縦を習うのが遅かったからよ。パラシュート降下をやめてからはじめたの。それに、機長はこの飛行機でこのルートを飛んだことがある。監視飛行でね。わたしだって自分よりも彼を選ぶわ」

「ごめんなさい」グレースはいった。すこし気恥ずかしかったが、傷ついたわけではなく、毅然《きぜん》としていた。

「いいの」ハウアドが答えて、パラシュートを叩き、〝準備完了〟を伝えて、グレースにウィンクした。「わたしもあなたに、おなじことを思ったの」

その言葉は、何事にも増して年下のグレースを、精神と肉体の両面でたちまち舞いあがらせた。リヴェットにつづいて降下の列にならんだとき、グレースは空でも歩いていけるような心地になった。


ジャズ・リヴェット兵長は、グレース・リー中尉が一度やってみせたように、両手をふった。すばやく手首をまわし、指をふる仕草を、グレースは気功と呼んでいた。内なるエネルギーを動かす。リヴェットは、射場へ行く前にも気功をやるようになっていた。指先がいっそう敏感になり、これまでとはちがって、脳を介さずに意志を指に伝えられるようになった。

「あなたがやったのは、まさにそのことよ」つぎに会ったときに、グレースがいった。

「思考は行動の敵よ」

リヴェットが成長するまでいわれてきたこととは、まったくちがっていた。シングルマザーの母親に、いつもいわれていた。「馬鹿《ばか》なことをやる前に考えなさい！」食料品店の強盗を阻止したことを母親が知ったあとの、最初の言葉もおなじだった。軍隊にはいったとき、母親に最後にいわれた言葉もおなじだった。

ロサンゼルス南部のサンペドロ地区に住んでいたときには、その助言はもっともだった。港に近い低所得者の住宅街には、流れ者や詐欺師からの誘惑が多く、地元ギャングは船や船員から手っ取り早く金を盗もうとしていた。リヴェットは運がよかった。海にはサンペドロから出る手段として興味を持っていただけだった。そうすれば、自分と妹ふたりを支えている母の負担が減る。リヴェットは海辺で、石ころで水切りをやったり、流木と水でふやけた靴の革と学校から持ってきたゴムバンドでこしらえたパチンコで海鳥を撃ったりした。

やがて食料品店の事件が起きた。そのときは考えもしなかったし、そのあとも考えなかったが、ロヴェット将軍がブラック・ワスプにリヴェットを選んだ理由はそこにあった。リヴェットはどんなことも本能的にやった——街で研《と》ぎ澄まされた本能、母親を助けるために魚を釣ったり、ファストフードのゴミ箱から賞味期限切れのパンを持ってきたり、家族が怪我をした場合のために救急医療士《EMT》がやることを見て、応急処置を憶えたりするような創意と生存のスキル。リヴェットはけっしてそういうことを誇って威張りはしなかった。すべてをごく自然にやっていた。けっして他人に明かしはしなかったが、彼は周囲の人間のことを鈍感だと思っていた……かといってリヴェット自身がことに鋭敏な方だと思っていたわけではない。入隊した海兵隊と、そのあとでブラック・ワスプのＳＡＥ――フォート・ブラッグで行なわれた技倆評価演習で、きわめて鋭敏なひとびとに出会って、その信念は深まった。そこでは候補者にくわえて熟練の特殊部隊員が参加して、能力の基準値を定めた。どういうアルゴリズムが使われても、リヴェットは新兵すべてと熟練兵士の大部分をしのいで一位になった。目にした戦士すべてが力と自信をみなぎらせていたので、どうしてそうなったのか、リヴェットにはわからなかった。

ハウアド大尉がパラシュートを点検してＯＫを出したときに、リヴェットは思った。なぜおれが？　おれはちょっと撃てるだけの、ただのおとなしい若者だ。

ブリーン少佐は、軍事史上最短の任務要約を聞いてから、チェイス・ウィリアムズのことを考えるのをやめた。ブリーンは、人間としても弁護士としても、手段を強化した訊問が好きではなかった。だが、自分の国を攻撃した極悪非道の人間を逮捕するのを、何事にも邪魔されたくないと信じていた。そのためには、その男とおなじ考えのテロリストたちが痛い目に遭っても、いっこうに差し支えないと思っていた。タリバンから麻薬カルテルに至るアメリカとアメリカの法律の敵は、もっと非道なことを平気でやっているのだ。

ウィリアムズが何者で、どこからやってきたにせよ、ブラック・ワスプのことを理解しているし、自分がここでなにを達成したいかを承知している。上位の将校に一歩譲って、SITCOM手順が開始されるまで任務の指揮を任せることになんの支障もないと、ブリーンは考えていた。

副操縦士に背中を叩かれ、降下準備が整った。あとの三人のことはわからなかったが、ブリーンはこの作戦を早くはじめたくてうずうずしていた。建国の父とその支持者たちの行為が、絞首刑にされかねない反逆罪に相当していたアメリカ独立革命のとき、自分がそこにいたらなにをやっただろうと、ブリーンはいつも思う。大義のためにすべてを危険にさらしたにちがいない。

自分のそういう思いがまちがっていなかったといまわかったので、晴れ晴れした気分になった。

ハウアド大尉は、閉じている右後部乗降口のそばに立ち、コクピットから〝突風〟――降下に支障なし――の合図が来るのを待った。チームは左後部乗降口からジャンプし、プロペラ後流に乗って機体から遠ざかる。通路にならんでいる四人のことを、ハウアドはなにも知らなかった――もっとも若いひとりが先頭で、年齢順にならんでいるようだった。とはいえ、漫然と立っていて姿勢もばらばらで、どの乗降口を使うかわかっていないようだったし、降下前の点検を受けたときにひどく真剣に注意を払っていたことから、彼らがあまり訓練を受けていないことを、ハウアドは見抜いた。降下承認書にサインをもらっているかどうかも怪しいと思った。キャビンで装備の点検を行なってから通路に出てならぶ前から、四人は前後の人間や座席の背もたれの動きを感じておらず、旋回しているのに気づかなかった。まるでバックパックを背負って〈スターバックス〉にはいった客のようだった。

でも、そういうことはどうでもいいと、ハウアドは思った。高度が低く、先進的なパラシュートを使うので、運動エネルギーの大きな着地であっても危険はまったくない。木にぶつかるか、湖に落ちないかぎり、ひどい怪我を負うおそれはない。経験豊富な降下員でも、地面以外へのそういう着地では厄介なことになるものなのだ。

乗降口の上に信号灯はなく、パラシュートの自動曳索《えいさく》をつなぐ鋼索もない。フレンドシップはこの手の降下に使われることはめったにないし、そういったものを取り付ける時間もなかった。降下地帯到達の一分前に機長がフラッシュライトで一度照らすのが、コクピットからの合図だった。ハウアド大尉はゴーグルをかけた――四人にもおなじようにして、黒いヘルメットをかぶるようにという合図だった。つづいて、革のウェストハーネスに手をのばし、左乗降口の機首寄りにあるフックにつないだ。脚を骨折してパラシュート降下ができなくなる前に自分の降下用装備の腹帯を工夫してこしらえたものだった。左乗降口をあけてしっかり固定すると、ハウアドはチームに進むよう手で合図した。

頭のなかで秒を数え、ちょうど六十秒になったとき、ふたたびフラッシュライトが光った。チームはあいた乗降口のほうを向いていたので、ハウアドがリヴェットを闇に押し出すまで、降下のタイミングがわからなかった。

チェイス・ウィリアムズが、最後に乗降口からジャンプした。実質的に自分の任務のゲストになり、リーダーではなく被扶養者のようになるのは、奇妙なものだと考えていた。ここまではブラック・ワスプの名目上の方針を決める立場で、チームはそれに敬意を表していた。当然のことだと、ウィリアムズは受けとめていた。たとえ退役していても、階級が上だからだ。しかし、地面におりたとたんにＳＩＴＣＯＭ方式が開始される。将校クラブで最初にそれを読んだとき、軍の政策ではなくレスリングのタッグ・チームから取り入れたやりかたのように思えた。

だが、それが要諦なのかもしれないと、そのときにウィリアムズは思った。野蛮人と戦うときには、規則やしきたりの多くを捨てなければならない。

飛行機から押し出される前にもうひとつ考えたのは、ブラック・ワスプの作戦権限について大統領とマット・ベリーがどれほど知っているかということだった。そして最後に、自分がこの職務をあたえられたのは、指揮能力があるのに突然、有毒な存在になったからだろうかと思った――もっとも、軍には秘密作戦について、それよりも丁重ないいまわしがある。つまり、簡単に使い捨てできるということだ。

風は軽快に唸《うな》るのではなく、タイフーンなみの強さで、衝撃を吸収できる軽量のカーボン製ヘルメットを叩いた。降下するあいだ、あとの三人は見えなかった。わかっているのは、地図上のどこへ着陸すればいいのかということだけだった。ウィリアムズは、自分の間に合わせの装備を、ハウアド大尉が急いで用意したカンバスのバッグと交換していた。チームのあとの三人が持っているのとおなじ小型のバッグで、降下中は太腿《ふともも》に固定してある。携帯電話、プリントアウトした地図、私物の九ミリ口径シグ・ザウアーXM17セミオートマティック・ピストルを、そこに入れてあった。二〇一五年にJSOCチームが、ウィリアムズのオプ・センターの作戦向けに配置されたときに贈呈したものだった。ポリマーフレームでストライカー方式のこの拳銃は、使用者がカスタマイズできる。グリップ・モジュール交換、フレームのサイズと口径も変更できる。ブラック・ワスプのなかで、複数の武器を持っているのは、リヴェットだけだった。グレース・リーは銃を持たず、ナイフを選んで両脚と腰の鞘《さや》に入れてある――ぜんぶで四本ある。

降下地帯を通り過ぎるか、位置がわからなくなったときのために、掌サイズの〈マイクロトーキー〉がある。バッテリーが電源で、交信が可能な距離は一〇〇メートル、その倍の距離から見えるようにライトを備えている。ウィリアムズは敬虔《けいけん》なカトリック教徒ではないが、無事に着地できるよう祈ってから、位置を知らせるその装置を使う必要がないことを祈った。この二十四時間で、すでにリーダーとしての自信が傷ついていた。

ウィリアムズが降下するあいだに、数十年の空白が消え失せた。はじめてパラシュート降下したとき、落ちていく感覚がないことに驚いたのを憶えている。空気が海のように固く、潮流や潮の満ち干があるように思えた。キャノピーの下でどうふるまえばいいか、ハウアド大尉に指導されていたが、それもすぐに思い出した。ボックスマン・ポジション――うつ伏せで腕を胴体に対して適切な角度に曲げ、両足を四五度にひらいて、膝を四五度曲げる——を容易に維持することができた。

ハーネスの胸の調整ベルトに、デジタル高度計が取り付けてあった。それが高度二〇〇〇フィートで電子音を発したとき、ウィリアムズは手動曳索を引いた。パラシュートがバタバタという大きな音をたてて展張し、周囲の風の音をつかのま圧倒した。降下速度はあまり下がらなかったが、激しい揺れは感じられなかった。しばらく振子のように揺られ、脚に血流が戻ってきて、体が錘《おもり》となり、足がまっすぐ下を向いた。そこでウィリアムズは手袋をはめた手でトグルをつかみ、多少なりとも舵《かじ》をとろうとした。

耳朶《じだ》を打つ濃密で騒々しい大気の音は、もう熄《や》んでいた。ハーネスと索がきしみ、うめく音と、キャノピーのバタバタという音が、ヘルメットですこし増幅され、耳に動悸《どうき》が響いていた。目を下に向けるとゴーグルの高性能レンズ——曇り止めのコーティングが施されている——が、せりあがってくるように見える地形を広い視野で捉《とら》えていた。チームのあとの三人は見えなかったし、捜そうともしなかった。ハウアド大尉がじゅうぶんな間隔をあけて降下するようにしてくれたので、キャノピーがぶつかり合うおそれはない。

「空で死のダンスを踊るよりも、すこしくらいあいだがあいたほうがましよ」ハウアドが説明した。

ウィリアムズは降下しながら、光を通さない眼下の黒い樹冠のあいだに目を凝らし、そこよりもすこし薄い色――濃いチャコールグレーの帯を探した。そこがナヴェット川だった。木立や川ではなく岸が、川すじの近くにあるはずだった。そこを目指して舵をとった。乾いた平らな場所を見つけることができるか、運よくそれに近いところにおりられるかわからなかったが、ハウアド大尉に注意されたようにしっかり顎を引いた。地面にぶつかったときに膝が曲がった。腰のうしろをしたたか打ったが、左側にうまく倒れることで、筋肉に突然かかった力を和らげて、高度計とは逆の場所にあるキャノピーリリース・ボタンのプラスティックの蓋をあけた。左右が木立だったので、そこは風が吹いていなかった。キャノピーはすでにしぼんでいて、風に吹き飛ばされずにそのまま離れた。

さっと膝立ちになると――力がかかった脇の筋肉が文句をいったが、やめなかった――ウィリアムズはパラシュートのほうへ這っていって、引き寄せながら丸めた。

リヴェット兵長が、パラシュートを持って闇から現われた。左右のヒップ・ホルスターそれぞれに銃が収まっていた。ブリーン少佐が、ベレッタM9セミオートマティック・ピストルを持ってそのあとから近づいてきた。

「埋めますか?」三人が集合すると、パラシュートを指差して、リヴェットがきいた。

「川に沈めるほうが早い」ウィリアムズは、訓練を思い出して答えた。立ちあがり、ふたりのうしろを見た。「中尉はどこだ?」

「見ていません」ブリーンがいった。

「連絡もない」小型無線機を差しあげて、リヴェットがいった。

そんなに離れているはずはない――どちらを捜せばいいかわかっていれば。

「中尉が着地するはずの場所を見ました」ブリーンがいった。「林も調べました。見える範囲を」

ウィリアムズは悪態をついたが、銃声にそれがかき消された。激しい連射の音がそれにつづいた。三人は顔を見合わせ、パラシュートを捨てて、銃声のほうへ駆け出した。

グレースは銃を持っていない。

21

トリニダード島、リオ・クラロ‐マヤロ地域
七月二十三日、午前六時十九分

鬱蒼《うっそう》と茂った森のあいだを流れて大西洋に達するナヴェット川からは、大半が沼地のナリヴァ・ウィンドベルト保護区、ブッシュ・ブッシュ森林保護区、マカウ島、オメガ島へ容易に行ける。密輸業者にとっても観光客にとっても短距離の便利なルートだし、武器や麻薬を運ぶ業者はツアーガイドを兼ねている場合が多い。ガイドは法執行機関の捜査の目をよそに向けさせる偽装になる。完璧な社会政治生態系だと、ある政治家が嘆いたことがある。

ナヴェット川の東端に朝焼けが映りはじめたころに、二五〇馬力のヤマハ4ストローク・エンジン二基が回転を落として静かになり、全長九・七五メートルの遊漁船が

岸から一二メートルのところで停止した。そこは水深が浅く、その船を着岸させるのに適していないので、積荷は人力で陸まで運ぶしかない。ハードトップの下に、梱《こうり》の形に包装したアヘン三つとともに、男がふたり立っていた。三人目は船首でしゃがみ、チェコ製のVz‐58アサルトライフルを両手で持っていた。遊漁船はそれまで灯火を消して航走し、できるだけ音をたてないようにエンジンの回転も低く抑えていた。

六〇メートル上空にいたグレース・リー中尉は、遊漁船の周囲のクロームめっき部分が朝陽をかすかに反射するのを見つけていた。つまり、三人が上に目を向けたら、グレースのパラシュートのキャノピーが空で丸い影をこしらえていて、その影がどんどん大きくなっていることに気づく可能性が高かった。グレースは、遊漁船が音をたてないようにしているのは戦術で、したがって違法な活動中にちがいないと判断した。

グレースには、ふたつの選択肢があるように思えた。船体のシルバーのトリミングに目を留める前に、容易に着地できそうな場所を見つけていた。だが、降下するのを見られなくても、音で気づかれることはまちがいない。この連中が密輸業者だとしたら、熱心なスカイダイバーのはずはないと見なし、撃ち殺そうとするにちがいない。たとえこちらが銃を持っていたとしても、キャノピーからぶらさがったままでは、格好の的になる。

船に着地するほうがましだと、グレースは思った。問題は、どこに着地するかだった。まだかなり暗かったので、輪郭しかわからない。大きさから判断して、その船にはせいぜい四、五人しか乗り組めないだろうと思った。

中央に雨風をしのぐコクピットがあるはずだと考え、グレースはそこを目指した。昇る朝陽のおかげでようやくもっと細かい部分が見えたので、最後の一秒に、ハードトップのまんなかに着地するように向きを調整した。銃を持った男が、前方にいた。できるだけ早く、身を隠さなければならない。

足がハードトップに触れる直前にキャノピーをリリースし、グレースは確実に着地して、そのままうずくまった。バランスをとるために身を低くすると同時に、キャノピーをうしろに流して遠ざけた。着地の音と、白い亡霊のようなキャノピーが、たちまち乗組員の注意を惹いた――下から数人の声が聞こえ、舳先《へさき》の男が叫んだ。

舳先にいるのがだれにせよ、武器を持っているはずだ。自動火器かもしくは半自動火器があるだろう。グレースは体を半回転させ、海霧で滑りやすくなっている足もとに気をつけながら、ハードトップの船尾寄りへ行った。刃渡り二〇センチのナイフを左右の手で一本ずつ抜き、甲板に跳びおりて、操舵《そうだ》室のほうを向いた。

操縦装置の前に男がふたりいて、あいだに梱状のものが積んであった。舵輪を握っていた右側の男は、当面の敵ではなかった。銃を抜こうとしていた左の男に注意を集中する必要がある。

　グレースがナイフを突き出して身をかがめたとき、男が一発を放った。岸のあちこちで鳥の群れが甲高く啼《な》き、空に舞いあがった。ふたたび身を低くしたグレースは、積荷を楯にして進み、操舵手の左膝の腱《けん》を切った。操舵手が悲鳴をあげて倒れた。左の男が向きを変えて、なにもない空に向けて撃った。弾倉が空《から》になってカチリという音が聞こえると、グレースは身を起こし、強力な下手投げで、血がついていないほうのナイフを男の朝陽に照らされた胸に命中させた。身をかがめ、アサルトライフルのすさまじい連射を避けた。風防が砕けて、ガラスの破片が降り注いだが、その前にグレースは目当てのもの、スロットルレバーを見つけていた。グレースは身を低くしたままで跳びだし、レバーを思い切り押した。遊漁船が勢いよく前進し、アサルトライフルを持った男が仰向けに倒れた。グレースは倒れている操舵手を踏み台にして、割れた風防から跳躍し、滑りやすい甲板を走ったり、滑ったりしながら、男が体勢を立て直す前にそこへ行った。男の左肩をナイフで甲板に釘付《くぎづ》けにし、アサルトライフルを持っている男の手に右手の指を巻きつけた。手首を逆に曲げて、あっさりとアサルトライフルをこじり取った。

そのときに、チームの面々が到着し、ウィリアムズとブリーンが岸から浅瀬を渉《わた》ってきた。リヴェットは岸からふたりを掩護した。小火器を持っていないかどうか、男ふたりの体をグレースが調べていると、ふたりが船にあがってきた。岸のあちこちを見てから、リヴェットが合流した。リヴェットが甲板にあがったとき、グレースのパラシュートのキャノピーが渦を巻いて湾へゆっくりと流れていくのが見えた。

「戻ってパラシュートを沈めなくていいよね」リヴェットがいった。

ウィリアムズは、パラシュートのことなど気にしていなかった。銃声はかなり遠くからも聞こえたはずだ。川にだれかがいたら、調べにくるにちがいない。

「海のほうへ行こう」ウィリアムズはブリーンにいった。「広いところのほうが、敵に遭遇する可能性が低い」

ブリーンがうなずいた。「乗組員はわたしが面倒をみます」

ブリーンは、ウィリアムズのあとから操舵室へ行き、リヴェットの手を借りて膝を切り裂かれた操舵手を船尾へひっぱっていった。その男はふるえがとまらず、神経が反乱を起こして、呼吸するたびに小さな悲鳴が漏れていた。リヴェットは、窓に激突して首が折れかけたカモメを見たときのことを思い出した。包帯、鋏《はさみ》、抗生剤、アスピリンを見つけて、ブリーンに渡した。ブリーンが男のズボンを切り、グレースが負わせた傷を可能なかぎり手当てした。ウィリアムズはヘルメットをかぶってゴーグルをつけたままだった。割れた風防からはいってくる風を防ぐのに必要になる。ウィリアムズがエンジンの回転をすこしあげて、遊漁船を急回頭させたとき、リヴェットが死んだ男の胸からナイフを抜き、男のシャツで血を拭ってから、梱状の荷物に差し込んだ。ナイフを抜いて朝陽にかざした。

「アヘンみたいだ」リヴェットがいった。

「この三人は、まちがいなく密輸業者だ」ウィリアムズはいった。「だが、テロと結び付いているとはかぎらない」

「おれはロサンゼルスにいたころに、カリブ海の連中を知ってました」リヴェットがいった。「やつらは、汚いときには頭のてっぺんから爪先《つまさき》まで汚い。ベトナム人、ロシア人、ギャングと競い合うには、そうするしかない。この連中は、きのう人身売買をやってたら、きょうはコカイン密売業者、あすはテロリストになる」

ウィリアムズはうなずき、リヴェットは見張りのために船尾へ行った。

この三人のことは、リヴェットのいうとおりだろうと、ウィリアムズは思った。それでも、腹が立っていた。グレースはこうするしかなかったのかもしれない。たしかに、ここは降下の場所として最適ではなかった。あるいは、リヴェットとおなじようにグレースも、この船に乗っていた三人を訊問すべきだと思ったのだろう。それも事実かもしれない。しかし、交戦によって命を落とす可能性もあった。偵察し、ターゲットを選ぶというやりかたができなくなったことはたしかだ。ウィリアムズは情報の仕事で焼き畑農業のような荒っぽいまねはやったことがなかった。

だが、ブラック・ワスプで重要なのは〝自分〟のやりかたではないと、ウィリアムズはあらためて自分をいましめた。きのうの朝の事件が明白に示したように、自分のやりかた、旧いやりかたでは、もう対応しきれないのかもしれない。

グレース・リーは、船首のアサルトライフルを持っていた男のそばにいた。男は意識があり、身をよじり、うめいていた。グレースは男のそばでかがみ、Tシャツを切り裂いて、左腕に力をこめ、傷口を圧迫していた。

「おまえの名前は?」グレースはきいた。

言葉がわからないというように、男が首をふった。グレースは空いたほうの手で、武器を持っていないかたしかめたときに男のポケットから見つけた携帯電話の電源を入れた。ロックされていた。グレースは左の掌を離して、代わりに左足で圧迫した。男の右手首をつかみ、親指を携帯電話の画面に押しつけた。ロックが解除された。

「おまえのメールは英語だ」携帯電話をベストのポケットに入れながら、グレースはいった。「名前をいうか、それとも死ぬまで血を流すか?」

「チャンダク」男がいった。

「苗字は?」

「マハラジ」

「インド人。ここで生まれたの?」

男が首をふった。

「話して、チャンダク。地元に医者はいる?」

男が口ごもった。

「甲板はおまえの血の海になってる」グレースはいった。「医者の手当てが必要よ」

「ココス湾……診療所……ネワロ医師」

「よし。ネワロ医師のところへ連れていく。その前に、ジャマーアト・アル・ムスリミーンの指導者と連絡する方法を教えなさい。おまえは麻薬を運んでいる――テロリストも運んだことがあるはずよ」

男が、激しく首をふった。グレースは、煙草を揉み消すような感じで、男の肩の上で足をねじった。男が悲鳴をあげた。

「おれは……ただの……運び屋だ！」

「わかった。だれに届ける？」

そのとき、ブリーン少佐がグレースにうしろから近づいた。男はまた首をふっていた。そこで起きていることをどう思ったにせよ、ブリーンは黙っていた。それがSITCOMの規則だった。

「わたしの仲間が、おまえの傷に包帯を巻いて、痛み止めをあげる」グレースはいった。

「アヘンだがね」ブリーンがいった。

「聞いてる？」グレースがいった。「ネワロ医師に診てもらうまで生き延びるか、それともここで死ぬか」グレースはいった。「おまえが決める。操舵室におまえの仲間がひとりいる——おまえが死に、その男がしゃべったら、無駄死にだよ」

「おれはやつらに殺される」男が煮え切らない返事をした。

「それはただの可能性。わたしの足の下で死ぬのは、確実」

「情けをかけてやろう」ブリーンがいった。

「そうする？　ここから、この暮らしから逃げ出したらどう」

「上流に動きがある！」リヴェットが叫んだ。

ブリーンが救急用品を置き、チャンダクが使っていたアサルトライフルを取った。グレースは、肩を刺された男の喉に右親指の付け根と人差し指を押しつけて締めた。龍形摩橋《サザン・ドラゴン》の形で、血と酸素が脳へ行くのを遮断し、五秒後に男は意識を失った。グレースは体を低くしてすばやく動き、ナイフを拾い集めて鞘に収め、船尾のブリーンのそばへ行った。

迷彩塗装のスピードボート二艘《そう》が、左右の川岸に沿い、上下に揺れながら急接近していた。ロシア海軍艇のように見えた。長い舳先と朝陽を反射している高い風防のせいで、乗っている人数を見極めることができない。この船に乗っていた三人の同盟者か密輸業者の仲間が調べにきたのは、ウィリアムズにとって意外ではなかった。銃撃が縄張り争いだろうと、官憲との撃ち合いだろうと、川の犯罪者たちの生活手段に大きな影響があるはずだ。

ウィリアムズの左側に装備収納箱があった。鍵《かぎ》はかかっていなかった。船舶用工具をしまってあるのか、それとも望ましくない客が来るのを予測していなかったのだろう。ウィリアムズはブーツの爪先で蓋をあけた。

「グレース！」ツイン・エンジンのうなりよりひときわ高く、ウィリアムズは叫んだ。グレースは、船尾のふたりのほうへ行きかけていた。向きを変え、操舵室へ走ってきた。ウィリアムズが額で示した。グレースが収納箱を覗き込んだ。

弾薬の箱がいくつかと、手榴弾《しゅりゅうだん》六発で膨らんでいるパウチが両端にあるベルト二本がはいっていた。

「やつらは撃ちながら接近してくるだろう」ウィリアムズはいった。

「その前に調べようとするんじゃないの？」グレースはいった。

ウィリアムズは、左舷《さげん》に首を傾けた。ぷかぷかと浮かんでいる白いクラゲのようなものが、グレースの目に留まった。遊漁船がパラシュートをひっかけ、それが空気をはらんで膨れていた。

「わかった」グレースはいい、手榴弾のベルトを持って船尾へ行こうとした。

「待て！」ウィリアムズが不意にいった。「そっちへ行かなくていい」

「はい？」

「名案がある」

名案などではなく、やけっぱちの消去法の結論だった。前方の南側に細い分流二本のうちの一本があり、スピードボートに追いつかれる前にそこまで行けると、ウィリアムズは判断した。だが、どこに通じているかわからず、どこでさらに細くなるかもわからない。地図で確認する時間はなかった。追い込まれて逃げ道がなくなることだけは避けたかった。それに、湾に出られたとしても、それで優位になるわけではない。なめらかな形の高性能のスピードボートに追いつかれずに、そこまで行けるとは思えない。スピードボートは、警察の船をふりきるだけの速力を出せるはずだ。この携帯便器のような船は、警察の船よりもさらに耐航能力が低い。

戦うしかない——それも汚いやりかたで。

ウィリアムズはいった。「やつらのほうへ突進する。ベルトの手榴弾を一発起爆するようにして、一隻にベルトを一本ずつ投げてくれ」

グレースが、鋭く尖《とが》っている舳先を見た。そして、ベルトを一本ずつ、左右の手に持った。「届くように投げるには、立たないといけない——まちがいなく狙い撃たれる」指摘した。「あの曳船《えいせん》リングの蔭《かげ》にくぼみがある——あそこにしゃがんで、一艘目をやる。それから、船の向きを変えてもらって、二艘目をやる」

「右旋回し、左のボートを目指す」ウィリアムズはいった。

「わかった」グレースはそういって、舳先の右舷側へ走っていった。

ウィリアムズは、船尾のほうを向いて叫んだ。「つかまれ！」

ブリーンとリヴェットは、咆哮《ほうこう》するエンジンのそばにいたので、ウィリアムズがなにを叫んだのか聞こえなかったが、向きを変えたときにグレースが手榴弾ベルトを持って舳先に走っていくのが見えた。

「バーニー・オールドフィールド（二〇世紀初頭の自動車レーサー。数々の記録を樹立したが、荒っぽいレース運びだった）をやるつもりだ！」ブリーンがいって、手摺にしがみついた。リヴェットもおなじようにした。

船尾のふたりがしっかりつかまり、グレースが位置につくと、ウィリアムズは遊漁船を急旋回させた。鈍い動きでよろよろと一八〇度方向転換し、エンジンが二度咳《せ》き込んだが、ようやく新たな針路の推進力を得た。その方向転換はきわどいタイミングだった。敵のスピードボートは、一〇〇メートル以内に接近していた。

スピードボート二艘から、銃撃が湧き起こった。船体と操舵室に銃弾がバラバラと当たり、ウィリアムズは膝をついて、舵輪の下側をつかみ、頭だけ出して割れた風防から覗いた。チキンゲームをやろうとしているのを気づかれないように、岸を目指すふりをして、船首を南に向けた。ターゲットが転針したら、グレースが手榴弾ベルトを投げる位置につくことができなくなる。

スピードボートが水面を叩いて跳ねるように接近してきた。彼我《ひが》の距離が狭まると、ウィリアムズは速度を落とした。二艘の高低差が大きくなると、グレースが投擲《とうてき》のタイミングを決めるのが難しくなる。ターゲットのスピードボートが浴びせる銃弾の量があまりにも多いので、ウィリアムズは計画を変更しようかと思いはじめた。スピードボートのほうに回頭するのではなく、岸に向けて回頭し、船を捨てて、その蔭から応射する。ターゲットとの距離は一五メートルで、どんどん縮まっていた。数秒以内に決めないと——。

ウィリアムズの左、遊漁船の左舷から銃撃が湧き起こった。ブリーン少佐が身をかがめ、チェコ製のアサルトライフルで撃ちながら舳先に向けて進んでいた。ブリーンはどういう計画か察して、掩護射撃があればグレースの助けになると思ったにちがいない。スピードボートの男たちが身を隠し、それと同時に二艘がすれちがった。グレースが豹のようにうずくまって、曳船リングの上を見あげ、投擲する構えになった——。

ピンを抜き、ベルトを頭の上でふって、立ちあがった。真向かいでスピードボートの男がおなじように立ちあがり、セミオートマティック・ピストルをグレースの頭に向けた。一発の銃声がウィリアムズの右、遊漁船の右舷で響いた。それを放ったリヴェットが見ている前で、スピードボートの男が胸を赤い血飛沫に包まれて仰向けに吹っ飛んだ。手榴弾ベルトがボローニャソーセージのように大気を切り裂いて飛んだ。ウィリアムズは左に舵を切り、スピードボートから斜めに遠ざかった。リヴェットが応射を避けるために伏せたが、応射があったのは一瞬だった。爆発音がたてつづけに響いて、スピードボートは不意に激しく揺れ、爆発のたびにチャコールグレーの煙が甲板にひろがった。叫び声で苦しげな悲鳴が聞こえたが、銃撃はもう起こらなかった。

銃撃が熄《や》んだあいまに、ウィリアムズは起きあがった。「もう一艘をやる！」チームに向けてどなり、遊漁船を旋回させた。

遊漁船がふたたびつらそうにUターンした。手榴弾をぶち込まれたスピードボートは、エンジンをアイドリングにして、南にそれていった。もう一隻はウィリアムズの船を追うために急旋回し、いまや二隻は正対していた。スピードボートは、横付けされにくいように、くねくねと弧を描いて突進していた——いっぽう遊漁船は、でかくてのろいターゲットだった。

リヴェットとブリーンは、グレースのそばへ走っていった。

「船体はたぶん樹脂被覆のグラスファイバーだ」ブリーンは、リヴェットにいった。

「撃沈しろ」

手摺の蔭で、密輸業者の血の池にしゃがみ、ふたりは射撃を開始した。スピードボートの喫水線《きっすい》近くに大きな黒い穴があき、舳先が向きを変えたり水を叩いたりするたびに、浸水して船体が傾いて、速力が落ち、乗っている男たちが応射できなくなった。スピードボートが腹をこちらに向け、乗っていた男たちが倒れ、操舵手が直進に戻そうとした。リヴェットが、ヘッケラー&コッホMPを置くと同時にベレッタM9を抜いた。つぎの瞬間には、舵輪を握った男が倒れ込んだ。残っていた男三人は、川に跳び込んで、岸に向けて泳いだ。ウィリアムズは悠然と正確に操船し、スピードボートの右舷に遊漁船を横付けした。だれもいないひん曲がったスピードボートに、グレースは手榴弾ベルトを無駄遣いしなかった。

「やつらを行かせてやれ」ブリーンがいった。

「どうして?」グレースがきいたとき、ウィリアムズが遊漁船の速力をあげて下流に向かわせた。

「あいつらは武器を持っていない」ブリーンが答えた。

「わたしたちを殺そうとしたのよ!」グレースがいったとき、三人は砂州に向かってじたばたと泳いでいた。

「そして、殺せなかった」ブリーンはいった。「それを勝利だと考えて、現任務に戻ろう」

「ジャズ?」グレースは切迫した口調で、リヴェットに向かっていった。

リヴェットは、しばし黙っていた。やがて、一度だけ首をふった。「背中を撃つのはだめだ。できない」

「警報がひろまる」グレースはいった。「わたしたちの船のことを、あいつらは知ってる」

「ここでなにが起きたかは、二キロ四方に知れ渡っている」ブリーンはいった。「船は資産《アセット》になりうる」

「どうやって?」リヴェットがきいた。

「岸で乗り捨て、内陸部へ行く。やつらを引き寄せ、時間を稼ぐ」

「どれだけ稼げるのよ?」グレースがいった。「何分?」

「麻薬をおろして隠すには、もっと時間がかかる」ブリーンはいった。「取り戻すのに、だれかが大金を払わなければならないだろう」

グレースが首をふった。「どうせまたあいつらと会うことになる」男三人は岸に着き、射程外で散開していた。グレースはそれ以上なにも意見をいわずに、怪我を負っている密輸業者ふたりのほうへ向かった。リヴェットがついていった。ブリーンは、被弾してめちゃめちゃになった操舵室へ行った。

ウィリアムズは、計器盤に地図をひろげて、針路をたしかめてから、川に目を向けた。苔《こけ》と泥のにおいが強く、とりたてて魅力のある地域には思えなかったが、たしかにこの地方の特色が濃厚だった。降下してからはじめて、戦闘態勢ではなくなっていることに、ウィリアムズは気づいた。

ウィリアムズは、近づいてくるブリーンを見た。軍歴を通じて一度も見たことがなかったものを、先ほど目撃していた。一から十まで即興の急襲だった。銃火を浴びたときにはつねに、個人が英雄的な行為をとっさに行なうことが不可欠だ。だが、これほどまでに自由な形でやりはしない。これほど効果的なこともなかった。

「あの決断はよかった」ブリーンがそばに来ると、ウィリアムズはいった。

「どうですかね」ブリーンがいった。「グレースのいうとおりだったかもしれない」

「思いやりを重視して失敗を犯さざるをえないこともある」ウィリアムズはいった。

「良心の役目を果たすためにチームにくわえられたとは思わないか？」

「それはないでしょう」ブリーンは認めた。「成熟を買われたのかもしれませんが」

「そのふたつは、そんなにちがわない」ウィリアムズはいった。「わたしは何年か前に、〝償いより予防：個人の節度と限界〟という大それた題の政策文書に取り組んだことがある。戦士はもともと肩に小さな悪魔を載せている。天使に耳もとでささやいてもらう必要がある」

ブリーンはしばし考えた。「かもしれません。ロヴェット将軍は、生体認証・戦場アナリストになるよう、わたしを説得しました」

「わたしの知らない概念だ」

「要するに、犯罪現場の捜査員を四六時中つとめるわけです」ブリーンがいった。

「それがわたしのＳＩＴＣＯＭです。科学捜査の訓練を積んでいるわたしと、二枚の写真から六十五カ所のちがいをすべて見つける第４戦闘カメラ飛行隊の兵士との競い合いでした。わたしが勝ったのは倫理基準のおかげではありません。デジタルの世界でアナログを駆使する人間だったからです」

ウィリアムズは、それを聞いてくすりと笑った。

「ワスプに参加するのを承諾する前に、わたしは自分が兵士を選抜した経験について、ロヴェット将軍に話をしました」リヴェットとグレースのほうを目顔で示して、ブリーンはいった。「われわれは戦士を戦うように訓練するが、どうやって戦意を抑制するかは教えない。それでいて、熱意のあまり極端なことをやるか、緊張でくじけたときには、裁判にかける」

「わたしは自分についてそのことを考えていた」ウィリアムズは正直にいった。「しかし、これは手抜きできるような仕事ではない」

「サーレヒーを付け狙っているのには、個人的な理由があるんですね」ブリーンはいった。

「そうだ」ウィリアムズは答えたが、あとはなにもいわなかった。一分一分が過ぎるうちに、以前のチェイス・ウィリアムズが現われるのを感じていた——物事に反応するのではなく、物事を命じる人間。いまは、そういう中間管理職の官僚には戻りたくなかった。「ところで、船のことも、きみの考えは正しい」河口が見えてくると、ウィリアムズはいった。「船は乗り捨てなければならない。燃料が残りすくない」

ブリーンは、梱状のアヘンに目を向けた。「この船に乗っていた連中は、積荷をおろしてから給油するつもりだったんでしょう。仲間があそこに来るはずだった——地元の集積所に」

「そうだろう。地図によれば、診療所は残っている燃料で行ける場所にある」

ブリーンは作戦のことに意識を戻した。「その医師に会いにいくんですね？」

「テロリストのインフラを知る立ち寄り先としては、いちばんよさそうだ」ウィリアムズはいった。

ブリーンがうなずき、船尾のほうを向いた。「ふたりに知らせます」

ブリーンが離れていくと、ウィリアムズは湾に向けて舵を切った。ブラック・ワスプがいくら斬新《ざんしん》でも、アメリカ軍のすべての部隊を導いている基本的な交戦規則を考えないわけにはいかなかった。撤退するか降伏した人間を殺さないことは、敵を利するが、感情的になるような危機のさなかにアン・サリヴァンが一度ならずいったように——最近では、モースルでオプ・センターの海外危機管理官ヘクター・ロドリゲスが死んだあとで口にした。

「〝たましいの危機のとき、あなたは鏡に映る自分になる〟」

情けをかける真意は、敵の命を奪いたくないからではない。自分の人生が神のいない悪夢に変わるのを、たとえ一瞬でも避けられるからなのだ。

22

トリニダード島、ディエゴ・マーティン
七月二十三日、午前六時四十九分

数週間ぶりによく眠ったサーレヒー大佐は、テラスで朝食をとった。キッチンには食料品がたっぷりあり、バスルームには最新の薬品、外傷用医薬品、包帯が完備していた。武器だけではなく、攻城戦向けの装備が整っていた。

テラスに座っていると、ここの番人たちがリビングで取り乱したように話をしているのが、不意に聞こえた。話の内容はわからなかったが、サーレヒーがここに来てから見たことがないような激しさでしゃべり、手ぶりをしていた。

出発の時刻まであと数時間あるので、なにか異変が起きたのではないかと、サーレヒーは不安になった。立ちあがり、なんの騒ぎなのかたしかめにいった。

ニクが説明しかけたところで、話をやめた。タブレットを持ち、トリニダード島の地図を呼び出して、川を拡大し、湾に近い一カ所を表示した。ソファにドサッと座って、両手で銃を構える真似《まね》をして、撃つ動作を何度もくりかえした。

銃撃戦があったのだ。サーレヒーは自分を指差し、問いかけるような目を番人ふたりに向けた。ふたりが肩をすくめた。

はっきりしないようでは困る。サーレヒーは、カラシニコフ製の拳銃が置いてある隅のテーブルへ行った。番人ふたりに制止される前にそれを取って、ベルトの下に突っ込んだ。ふたりが近づいてきたので、サーレヒーは両手を挙げた。

「おれを護れ」自分を指差し、ふたりを指差し、首をふった。「だれにも危害はくわえない」

ふたりが理解したらしく、うしろにさがった。

ふたりはまた話し合いをはじめて、ひとりが腕時計を見た。今後約四時間、サーレヒーの身の安全をはかるためにどうすればいいのか、検討しているようだった。ひとりがスマートフォンの画面をスクロールして、グループメールを送る用意をはじめたので、人数を増やすという結論が出たようだった。

サーレヒーは、ここに来たのが賢明だったかどうかに、ふたたび疑問を抱きはじめた。サーディーを信用していないわけではなかった。サーレヒーは、国際法の埒外《らちがい》で活動している人間を相手にすることに慣れていた。だいたいにおいて、そういう人間は軍や政府のために働いている人間よりも信用できる。約束を守れなかったら、違法ビジネスの世界では生き延びられないからだ。ほとんどの場合、命を落とすことになる。ただ、サーレヒーは広い海に慣れているので、移動できずに隔離されるのはつらかった。〈ナルディス〉に乗っていれば、レーダーで捉えたなにかの速力か方位が不審だったり、水平線に危険があると感じたりしたら――針路を変更すればいい。ここではそれができない。

男ふたりはメールを打ちつづけていた。返信があり、不機嫌になることもあったが、何度かうなずいていた。サーレヒーはひとりの腕を叩き、指二本で歩く仕草をした。

「階段は?」ときいてから、サーレヒーは頭を指で何度も叩いた。「屋上は?」

ヴィンセントがうなずき、サーレヒーを玄関ドアのほうへ手招きした。サーレヒーはサーディーと話をしたので、信用されているにちがいなかった。ヴィンセントが片手をあげて待つように合図し、キッチンに通じる廊下の壁にならんでいる監視カメラ用モニターを調べにいった。サーレヒーはそれまでモニターに気づいていなかった。

おなじ階のべつの部屋にだれかが住んでいたら、ここで行なわれていることをどう思うだろうと、サーレヒーはふと考えた。

　ヴィンセントが、モニターをひととおり見てから、セミオートマティック・ピストルを入れたショルダーバッグを持ち、ドアを細めにあけた。ドアの外を覗いてから、廊下に出て、ついてくるようサーレヒーに合図した。ふたりが廊下に出たときに、前方のドアがあき、彫像のように背が高いカリブ人の若い美女が、廊下に出てきた。女はタオル地のバスローブを着ていて、そばを通ったふたりに挨拶をした。女のうしろの部屋は暗かったが、男が立っているのがサーレヒーに見えた。ほかの住人について疑問に思ったことの答が出た。ビル全体がどうかはわからないが、この階ではもっぱら違法な活動が行なわれているのだ。女はおそらく政府の役人かビジネスマンの愛人だろう。こういう男たちがろくでもない行為に励んでいるのが嘆かわしかった。愛国主義はさほど重要な要素ではないのだと、サーレヒーは気づいた。それよりも、イスラム法《シャリーア》をもっと熱心にひろめるべきかもしれない。サーレヒーは、衝動や欲求が自分の仕事を邪魔することを許さなかった。異性との関係が時間とエネルギーを奪い、不注意な男が誘惑されて秘密を漏らし、注意が散漫になって二度と集中できなくなるのを、何度も見ている。そんなふうに生きていくことはできない。サーレヒーの理想、野望、品位は、くだらないつかのまの安らぎや気晴らしを超越していた。階段吹き抜けに達すると、サーレヒーにとっては、それが気晴らしになった。これが自分の生き方だ。問題の解決策を、積極的に見つける。

下を見ると、コンクリートの階段が八階分あった。七階建てなので、地下駐車場に通じているのだろう。それが確認できてよかった。だが、もっと興味があったのは、上の二分の一階分の階段だった。何者かが襲ってくるときには、上から来るかもしれない——階段をおりてくるとは限らず、テラスからはいり込むかもしれない。

護衛か看守か、あるいはその両方のヴィンセントの横をすり抜けて、サーレヒーは小走りに階段を昇った。踊り場があり、四角いシンダーブロックの小さな塔にアルミ製のドアがあった。防犯のためではなく、嵐のときに漏水を防ぐためのようだった。ドアを押すと簡単にあいたので、それが裏付けられた。

うしろでヴィンセントがなにかを小声でいった——たぶん〝気をつけて〟といったのだろう。サーレヒーはドアを細めにあけて外を覗いた。風の音しか聞こえなかったので、そこから出てまわりを見た。屋上は四角いコンクリートが敷き詰められ、六カ所に直径二〇センチほどの金属製の排水管が設置されていた。道路の向かいにビルがあるだけで、屋上に渡ってくるのに使えるような建築物は近くにない。空からおりてくるしかない。その場合には、音でわかる。

ビル内にひきかえしながら、ここに来るには階段かエレベーターを使うしかないと、サーレヒーは結論を下した。それに、敵の工作員は監視カメラで発見される。

残された可能性はひとつしかない。襲撃しようとするには、地下駐車場と空港のあいだでやるしかない。

なかに戻ると、サーレヒーは付近の地図が見たいと番人ふたりに伝え、タブレットに地図が表示された。サーレヒーはもっとも混雑が激しい最短ルートを調べた。一時間足らずで空港に到着するはずだった。だが、交通量が多いので、待ち伏せ攻撃を仕掛けるチャンスがいくらでもある。

べつの道路を調べた。このビルから尾行された場合、信号で何度もとまらなければならず、そこで銃撃したり拉致したりできる。

ヴィンセントが、手ぶりでなにも心配いらないと請け合ったが、あらゆるニュースで顔が報じられ、世界で指名手配されている容疑者のサーレヒーを安心させることはできなかった。

そのとき、まわりを見たサーレヒーは、考えていた最悪の筋書きで危険を冒す必要はないかもしれないと気づいた。自分が考えていることを、手ぶりで相手に伝えた。

ヴィンセントが満面に笑みを浮かべて、さっとＯＫの仕草をした。
これで、それまで生き延びればいいだけになったと、サーレヒーは思った。

23

トリニダード島、ココス湾
七月二十三日、午前七時八分

「船体を狙ったのは正解でしたね」ブリーンが近づいてくると、リヴェットがいった。

「マリーナ育ちでもないのに」

「ステルス性の高い戦闘員突撃艇を調査しなければならないことがあったんだ」ブリーンは気さくに答えた。「きみは呑み込みが早いね」

「ええ、まあ。バーニー・オールドフィールドってだれですか?」

ブリーンは笑みを浮かべた。「昔の自動車レーサーだよ。ものすごく向こう見ずだった」

「調べてみないといけない」リヴェットがいった。

ブリーンは、自分が脚を切った操舵手のそばでしゃがんでいるグレースのところへ行った。もうひとりは意識を失っている。

「診療所へ行く」ブリーンはいった。「なにかわかったか?」

「自分と積荷を船に置き去りにしてくれっていうのよ」グレースはいった。「積荷がなくなったら皆殺しにされるって」陽射しに目を細めて、ブリーンのほうを見た。「あなたの意見は?」

「わたしたちといっしょにいたほうが安全だ」ブリーンは、男に聞かせるためにグレースにそういった。「積荷が回収できることが知れ渡ったら、砂糖に蟻《あり》が群がるみたいに海賊が集まってくる」

「だめだ!」操舵手の男が泣きそうになった。「お願いだ。やめてくれ。お願いだ」

ブリーンが男のそばでしゃがんだ。「おまえの名前は?」男にきいた。

「キング」男がいった。「キングストン」

「キング、われわれに協力すれば、ここを離れて安全な場所へ連れていくと約束する。おまえが望むなら、どこかで新しい生活をはじめることもできる」

男が首をふった。「母親がいる——独りきりなんだ」

「来てもらえばいい」ブリーンはいった。「母親が脱出するのに手を貸す」

「だめだ。おれは……片脚でもまだ働ける。お願いだ！」

　グレースが、男のほうをちらりと見おろした。緊張した顔で、辛抱できなくなりかけているのがわかった。

「キング、それはまずい判断だぞ」ブリーンはいった。「頼む……われわれに協力しろ」

　キングが首をふった。「ふたりとも殺される」

　グレースがナイフを一本抜いて、男の喉に強く押しつけ、血が垂れた。「おまえをいまここで殺す」グレースがいった。「これが最後だ、キング。どこへ行けばジャマール・アト・アル・ムスリミーンを見つけられる？」

「やつらのことなんか知らない」キングが悲鳴をあげた。

「信じられない」グレースはいった。「おまえもそうなのかもしれない。おまえを殺して、ほかを当たったほうがいいかもしれない」

「ちがう、ちがう！　ほんとうなんだ！　みんな船で来る。おれたちは上流の船着き場にそいつらを運ぶ――往復するだけだ。おれは操舵手だ！　それしかやってない！」

　東へ進んでいた遊漁船が、南に向けて優美に回頭した。大気の悪臭が消えて、潮流のおかげですこし速力があがった。

「グレース、おれは波止場で訊問されて怯えてるギャングがしゃべるのを聞いたことがある」リヴェットがいった。「こいつのいうことは信用できる。ほら――小便を漏らしてる」

グレースはそっちに目を向けた。リヴェットのいうとおりだった。嫌悪をあらわにしてナイフを鞘に入れ、船首へ歩いていった。新鮮になった空気を深く吸い、陽射しで心が豊かになるのを感じた。

直感に従わなかったら、いまごろは沼地をとぼとぼ歩いていたはずだと、グレースは思った。しかし、いまは直感が当てにならないような気がする。

空気や水のようにたえず動いていることを、グレースは稽古で身につけていた。師父のひとり、パイ師にかつていわれたことがある。〝自然はもがかない。もがいているようなら、すでになにかがまちがっている〟。たしかにここでは、なにかがまちがっている。自分が志願したこととはちがう。実質的に、年上の男ふたりが任務を動かしている。降下中は自分が采配《さいはい》をふり、乗組員ひとりを厳しく訊問した。そこへウィリアムズとブリーンが来て、グレースの意見は斥《しりぞ》けられた。

だが、それだけではないと、グレースは自分にいい聞かせた。

グレースが学んだカンフー学校では、年上の人間とその経験と上位であることに絶対的な敬意を払うよう教えられた。そこにいたのは中国人だったが、年上の人間はすべて男だった。それで終わりではなかった。グレースは軍隊でもその敬意をひきずっていた——上官はまたしてもほとんどが男だった——彼らの地位は揺るぎなかった。しかし、いまは現場にいるので、グレースの戦士としてのスキルが、ウィリアムズとブリーンへの服従とせめぎ合っていた。自分の直感はブラック・ワスプやこの任務の自由な形に完璧に適していると、グレースは感じていた。

あの男ふたりは、なんでも従来の特殊作戦の手順に引き戻そうとしていると、グレースは思った。リヴェットは中間のどこかにはまり込んでいる。意外ではなかった。ブリーン少佐は三人がはじめて会った日から、父親じみた感じだった。そのため、自分の天性やブラック・ワスプの性質とうまく嚙み合わなくなり、主流からはずされているような気がする。

これは実験なのよと、グレースは自分をいましめた。こういう意見はすべて、戻って事後報告するときにいえばいい。

今後の思考方針が決まると、グレースは冷静になり、三人がいるほうへひきかえした。

診療所は小さな二階建てで、半分が湾の南側で杭の上に立っていた。住宅用に設計したのを、診療所に転用したような感じに見えた。下見張りに艶《つや》があったので、まだ長年風雨にさらされてはいないようだった。曲がりくねった二級道路と海の両方から行ける——遊漁船の乗組員たちがやっている違法な取引には理想的だと、ウィリアムズは感じた。

まだ早朝なので、診療が行なわれているようすはなかった。

「二階が住居らしい」ブリーンがいった。ブリーンはウィリアムズの横に立ち、折り畳み式双眼鏡で観察していた。あとのふたりは捕虜のそばにいた。「カーテンが一階とはちがって不透明だ……窓枠に貝のコレクションがある。一カ所の窓には吊《つ》り植物。なかに動きは見られない」

「私設車道に救急車が見える」ウィリアムズはいった。

「急患を地元の病院に運ぶためでしょう」ブリーンがいった。「大がかりな手術ができそうには見えない——手術室《OR》も回復室もなさそうだ」

「地域の緊急手当て用だな」ウィリアムズはいった。密輸業者の特色と一致するし、人身売買に加担している可能性もある。船や密封されたバンに詰め込まれていた人間は、おざなりにでも医療を受けさせる必要がある。

　裏口に通じる、使い勝手がよさそうな新しい桟橋《さんばし》があった。杭からせり出している海を臨むテラスの下にあるので、見つけづらい。それも設計の意図かもしれないという疑念が湧いた。その木の浮き桟橋に向けて、ウィリアムズは舵を切った。

「ノックしますか？」ブリーンがいった。

「たぶん、それがいちばんいいだろう」

「出てくる人間は船を見分けるでしょう。銃声も聞いたかもしれない」

「その両方だろうな」ウィリアムズは、グレースのほうを向いた。「中尉」

　グレースが立ちあがって、小走りに近づいてきた。さっきはなにかが不満だったようだが、それはもう消えていた。ブリーンの横に立ったグレースが、ウィリアムズのほうを向いた。

「なんですか、指揮官？」

「呼び鈴を鳴らして、診てもらいたい患者がいるというつもりだが、どう思う？」ウィリアムズはきいた。「そして、なかにはいって、質問する」

「いいんじゃないですか」そういってから、グレースはつけくわえた。「ジャンプスーツがこのあたりのふつうの服装じゃないのは、わかってますよね」

「わかっている。だからリヴェットをいっしょに行かせる。危機分析を彼がやる。万事だいじょうぶなようだったら、怪我人を運ぶ」

「入れてくれなかったら?」

ウィリアムズはいった。「きみの腕の見せどころだ」

考えるまでもなかった。グレースはうなずいた。

リヴェットは船尾で追跡の気配はないかと見張っていた。ブリーンが走っていって交替し、リヴェットを船首に行かせた。ウィリアムズが、計画を説明した。細かい指示がなくても、グレースにつづいて上陸して掩護するのだと、リヴェットにはわかっていた。

桟橋にぶつかるような接岸だったのは、ウィリアムズが何年も海に出ていなかったせいだった。自分たちが追っている男も元海軍将校だという皮肉な成り行きを、思わずにはいられなかった。降下後、サーレヒーのことを一度も考えていなかった。きのうの出来事が、激しい怒りの波とともに蘇った。

いまはだめだと、自分をいましめた。仲間といっしょに現場にいるのだ。

リヴェットが繋留《けいりゅう》索を桟橋に投げて、グレースのあとから手摺を越えた。ウィリアムズが注意を惹くような音をたてて接岸させていたのに、窓の奥に動きは見られなかった。

久しぶりに脈が速くなるのがわかった。

グレースとリヴェットは、桟橋を進んでいった。テラスの下にはいって船から見えなくなる前に、リヴェットはホルスターからベレッタを抜き、腰のうしろで隠し持った。まわりを見ることはしなかった。まわりの音を聞いていた。遠くで海鳥数羽と犬一匹が啼いているほかには、なんの音も聞こえなかった。

グレースが、ブザーのボタンを押した。床をこするような音が聞こえたので、ふたりは怪訝《けげん》に思って顔を見合わせた。リヴェットがグレースの腕に触れ、発砲する必要があるときに邪魔にならないように、すこし横に移動するよう合図した。ドアがあき、若い女が外に目を向けた。床をこする音は、彼女が座っている車椅子がたてた音だった。

「ドクター・ナワロ?」グレースがきいた。

「本人よ」明るい口調で女がいった。二十代後半らしく、頬桁《ほおげた》が張っている細面《ほそおもて》で、黒い髪を下のほうで団子に結っていた。腰まである白衣を着て、訪問者の服装には驚いていないようだった。

「わたしたち……怪我をした乗組員がいるの」グレースがいった。「ひとりは肩の刺し傷、もうひとりは腱を切断」

「銃創ではないのね？」

「いいえ」グレースはいった。

「連れてきて」ナワロ医師は、すこし驚いたようだったが、躊躇《ちゅうちょ》せずに命じた。「担架はいる？」

「いらないでしょう」

ナワロがドアをあけたまま、車椅子で奥のほうへ行った。

グレースは遊漁船のほうを向いて、ウィリアムズとブリーンに手ぶりで合図した。

グレースが肩を刺した男は、包帯をきつく巻いてあったので、最初に運ばれて、診療室の低いテーブルに横たえられた。ナワロが車椅子を近づけて、手袋をはめ、天井の照明を調節して、包帯を切り取りはじめた。

リヴェット、ブリーン、ウィリアムズは、待合室に残り、グレースだけが診療室へ行った。

「ドクター、手当てしているあいだに、ききたいことがあるの」グレースはいった。

「いってみて」ナワロが、手先から目をあげずにいった。

「ジャマーアト・アル・ムスリミーンの人間を手当てしたことがあるかどうか、知りたい」

「あなたは何者?」ナワロが答えた。

「きのうのニューヨークのテロ事件の犯人を捜してるの」グレースはいった。「この国にいると、わたしたちは思ってる」

ナワロが血まみれの包帯をゴミ箱に投げ込んだ。ガーゼに消毒液を染み込ませ、傷口の血を拭った。照明をまた動かして、傷口を覗き込んだ。

「わたしは患者がどういう政治組織に参加しているかはきかない」ナワロが答えた。「なにを生業《なりわい》にしているかもきかない。診療報酬を――たっぷり――払ってくれる患者は数すくないけど、そのおかげで貧乏なコミュニティの住民を無料で治療できる。わたしが子供のころ、車に轢《ひ》かれたときには、そういう診療所がなかった」

「わかるわ」グレースはいった。「わたしが捜してる男は十七人殺し、もっと多数に怪我を負わせた。JAMの共犯者が、モントリオールで男ひとりとその家族を殺した」

「報道を聞いたし、写真をコンピューターで見た。その男は知らない」グレースのほうを盗み見た――腰を。「この患者を刺したのはあなたなのね?」

グレースはうなずいた。

「だったら、あなたも他人に怪我を負わせた」ナワロ医師がいった。患者のほうを向いた。「だいぶ出血しているけど、肺は傷ついていない」

「そうね」グレースは答えた。

ナワロが車椅子を転がして薬の戸棚へ行き、太く短い瓶と皮下注射器を持って戻ってきて、局所麻酔を投与した。「力にはなれない」ナワロがいった。

冷気が噴き出していたが、グレースは熱くなった。「住所をきいているだけなのに」

「新聞社にきけばいい」ナワロが答えた。

グレースは途方に暮れた。嫌な気分だった。「あなたのコンピューターはロックされてるの？」

「ええ」

グレースはパスワードをきかなかったし、無理に聞き出そうとはしなかった。紙のファイルがあるかどうか、事務室を調べようと思ったとき、うしろからウィリアムズが近づいた。

「行こう」ウィリアムズはいった。「もうドクター・ナワロをわずらわせる必要はない」

「どういうこと?」グレースがきいた。

「べつの方法を見つけた」

グレースは大きく息を吐いて、ウィリアムズの横を通った。あとの男ふたりは、待合室にいなかった。

「どうなってるの?」グレースはウィリアムズにきいた。

「いっしょに来てくれ」ウィリアムズは答え、グレースといっしょに正面のドアに向かった。

24

ワシントンDC、マクマーク・レジデンス
七月二十三日、午前六時三十三分

マット・ベリーは、四カ月前にPストリート北西にあるテラスハウス・コンドミニアムを買った。自分の資金ではなかった。国防兵站局《DLA》の予算だったので、厳密にいえばテラスハウスはDLAの所有物だった。だが、DLAとホワイトハウスの両方の内部事情に通じている人間でなければ、その資金を追跡することはできない。ミドキフ大統領はべつとして、ベリーもそのなかのひとりだった。購入は違法ではなかった。だれにも知られることのないベリーに対する報酬の一環で、それが物的支援の形をとっているだけだった。

こういう〝資金提供の策略〟について、ベリーが良心の呵責《かしゃく》をおぼえて睡眠不足になることはなかった。それどころか、ぐっすりと眠れた。しかし、きょうは例外だった。

ベリーは五時過ぎに目を醒まし、エルジン空軍基地からの最新報告を確認し、ウィリアムズとブラック・ワスプ・チームがＦ27に乗機したという副操縦士の報告を読んだ。そのあとはなにもなかった。ウィリアムズからの電話やメールはなかった。あとの三人から連絡が来ることはありえない。ロヴェット将軍や国防総省のほかの人間が、勧誘と訓練以外のことで単独行動のチームから報告を受ける仕組みにはなっていない。責任逃れのためではなく、秘密保全のためだった。まずい事態になったとき、それを快く受け入れたいと思うものは、どこにもいない。それに、メッセージが傍受されるおそれはなかった。ウィリアムズのＳＩＤ（秘密保全措置をほどこした国際通信機器）からベリーのＳＩＤにじかに伝えられるからだ。海底か深い谷間から送信しようとするのでなければ、もっとも信頼できる通信テクノロジーだった。国防高等研究計画局《DARPA》がインターネットにつづいて開発したものだ。

だが、けさダブルのエスプレッソを飲みながら、ベリーが目にしたのは、国務省のジャニュアリー・ダウの情報研究局から届いた警告だけだった。

トリニダード、リオ・クラロ・マヤロ地域、大西洋標準時午前六時五十七分‥

国家安全保障省のトリニダード・トバゴ特別犯罪防止班《SAUTT》が、ココス湾に近いナヴェット川での広範な犯罪行為の確認済み報告を受けて、シーアーク・ドーントレス40級沿岸警備艇CG21を六時五十五分に急遽《きゅうきょ》派遣した。JAMの活動とのつながりについては述べられていない。衛星報告は七時十一分。

オープンソース情報ディレクター、ケイティー・スタール。

INR、テロリズム・麻薬・犯罪分析部。


ベリーはタブレットのスクリーンに触れて、確認のためにブラック・ワスプの降下地帯の地図を表示した。

「やっぱりそうか」ベリーはいった。突然のさむけを感じ、二杯目のダブル・エスプレッソでもそれを追い払うことができなかった。そこはまさにチームが降下することになっている場所だった。

SIDを見て、ウィリアムズからなにも連絡がないとわかった。メールを送ろうかと思ったが、気が散るようなことはやらないほうがいいと判断した。

危地から逃れて、まだ生きているようなら。

ウィリアムズの罪の意識をとがめたのはフェアだっただろうかと、ベリーは迷いはじめた。こういう雑駁《ざつぱく》な作戦を急遽発案して実行するのは、無謀であるだけではなく、搾取的かもしれない。しかしながら現実には、政府が毎日ひとびとを無数の目的に利用している。ウィリアムズも含めて、こういう任務を引き受けるひとびとはすべて、成功すれば報われ、失敗の事実と失敗を犯した人間は葬られることを承知している。比喩《ひゆ》的にそうなることもあれば、現実にそうなることもある。

わたしは感情的に傷ついていた六十歳の男を、秘密作戦に送り込み、好意としてそれをやったようなふりをした。ベリーは心のなかでつぶやき、ひろいキッチンの窓から外を見て、タウンハウスや標識に朝陽が反射するのを眺めた。

「くそ」シャワーを浴びるために立ちあがりながら、ベリーはいった。「彼は断ることもできたんだ」

心の底が清らかではなくても、これがどういうことになろうが、いさぎよく受け入れようと思いながら、ベリーはよろよろとバスルームに向かった。

25

トリニダード島、ココス湾
七月二十三日、午前七時三十七分

アヴィナーシュ・スクーンが寝室のドアをあけると、ベレッタを腰の上で構えている若い黒人がそこにいて……アヴィナーシュの腹に狙いをつけていた。

二十三歳のアヴィナーシュは、両手を顔の高さまであげて、あとずさった。診療所で武器や不機嫌な顔のいかがわしい男たちを目にするのには慣れていた。だが、廊下にいる男はまったくちがっていた——朝の光のせいかもしれないが——奇妙なことに聖人のように見えた。

年配の男が、廊下に立っているその男のうしろから出てきた。武器は持っておらず、アヴィナーシュと銃のあいだに進み出たが、あまりやさしそうには見えなかった。

その男、ハミルトン・ブリーンは、遊漁船から見えたこの二階の部屋を見まわした。そのときにカーテンを見て、ナワロ医師がここで独り暮らしをしているのではないと気づいたのだが、室内を見てそれが裏付けられた。ナイトスタンドに英字新聞があったので、話ができることもわかった。

「時間がない」ブリーンは男に向かっていった。「われわれは、この島にいるジャマーアト・アル・ムスリミーンの構成員を捜している。そいつらはどこにいる？」

男が首をふった。「知らない。アメリカ人か？　アメリカ人は大好きだ」

ブリーンは手をふって、その言葉を斥け、化粧簞笥に置いてあったキーリングを差した。「おまえは救急車を運転するんだろう？」

「おれ……ドクター・ナワロを乗せる」男がいった――そういえば情けをかけてもらえると思ったにちがいない。善良な慈悲深い行為をやっていると。

ブリーンは、ちょっと考えてからいった。「なるほど。筋が通っている。頻繁に行く場所が、いくつもあるだろう？」

男がうなずいた。

「救急車にGPSはあるか？」

男がまたうなずいた。

「ルートが保存されているだろう?」

男が口ごもった。

「ルートが保存されているだろう?」ブリーンは語気を強めてもう一度きき、リヴェットと男のあいだから離れた。

「ああ、保存されている」男がいった。

「パスワードは?」

男が首をふった。

ブリーンがキーリングを取ってきて、男の目の前でぶらさげた。どうすればいいのか、いわれなくてもアヴィナーシュにはわかっていた。車のキーを指差した。ブリーンがそれをはずして、キーリングをベッドにほうり投げた。

「表の船にひとり残していく」ブリーンは嘘をついた。「官憲に通報したら、おまえは死ぬ。わかったか?」

男が激しくうなずいた。「やらない……やらない……」

「特別扱いだぞ。ドクターはべつとして」ブリーンは、リヴェットとともに向きを変えながらいった。「行儀よくしていれば、彼女も生きていられる」

男がもう一度、感謝をこめて熱心にうなずいた。「おれ……昨日の夜に満タンにしました！」男がいった。

ブリーンは礼をいって、ドアを閉めた。


ウィリアムズは、階段の下で待っていた。ブリーンが親指を立てたので、急いでグレースを呼びにいった。

「どこへ行くんですか？」正面ドアから早足で出ながら、グレースがきいた。

診察室に声が聞こえないところへ行ってから、ウィリアムズは答えた。

「内陸部だ」ウィリアムズはいった。「移動をはじめたら、もっと詳しくわかる」

「船の乗組員ふたりはどうしますか？」ふたりで救急車に向けて急ぎながら、グレースはきいた。

「麻薬といっしょに置いていく」ウィリアムズはきっぱりといった。「復讐に燃える連中に追われたくはない」

うしろから近づいてきたブリーンを、グレースはじろりと睨《にら》んだ。ブリーンはいつものように感情を顔に表わしていなかったが、〝道義を両天秤《てんびん》にかける〟という言葉が、グレースの頭に浮かんだ。

麻薬密売人を見逃せば、常習者が死ぬ。それでもかまわないわけね、と辛辣《しんらつ》に思った。

　チームは救急車へ行った。グレースとリヴェットは、後部に乗って警戒する。ウィリアムズが運転する。ブリーンはITの知識が豊富ではないが、ウィリアムズよりはよく知っているので、ナビをつとめる。

　ウィリアムズが自分のスマートフォンのGPS機能でルートを図示し、ブリーンがダッシュボードに内蔵のGPS装置を調べた。保存されているファイルをスクロールし、トリニダード島の紙の地図と見比べた。

　沼地が南にあり、かなり内陸部までひろがっている。海岸線は北にのびていて、警察か密輸業者の船が異状はないかと目を光らせているかもしれないので、ウィリアムズは、この地域で最大の町サングレ・グランデ、アロウカ、ポート・オヴ・スペインがある北西へ進むことにした。走る距離は合計四五キロメートル程度だった。慣れている右側通行ではなく、左車線を走らなければならないので、距離が短いのはありがたかった。左側通行だというのを、つねに意識する必要がある。

「保存されているルートはかなり多い」ブリーンがいった。「何度も行っているのは一カ所だけだ」

「どこだ？」

「ポート・オヴ・スペイン」ブリーンがいった。「その北のディエゴ・マーティン……ライトソン・ロードという幹線道路をおりて、エイジャクスという袋小路へ行っている」

「番地は？」

「七」ブリーンがいった。「設定すれば、GPSがそこへ案内してくれる」

「やってくれ」ウィリアムズが自分のGPSを切って、加速したとき、チームが出発した方角に向かっている警察車両二台とすれちがった。「診療所かな？」ウィリアムズはきいた。

ブリーンがサイドミラーで、二台が方向を変えないのを見届けた。「ちがいますね」ブリーンがいった。「北東一三キロメートルに、いちばん近い警察署がありますす」GPSを確認しながらいった。「あの運転手が電話したとしても、こんなに早く出動するはずはないでしょう。アヘンについてのチャターを傍受して、押収しようとしているんでしょう」

ウィリアムズは黙っていた。機中で読んだ資料によれば、トリニダードは西アフリカとアメリカ合衆国に運ばれる麻薬の大規模ハブだった。政治腐敗が蔓延《まんえん》し、その考えかた——と利益——が、法執行機関にも染み渡っている。ジャニュアリー・ダウ自身の公開資料はトリニダードを麻薬国家だと断定してはいなかったが、麻薬——と殺人——が地元経済を促進させていることはたしかだった。

「乗組員を置いてきたのは失敗だったかな?」ウィリアムズはきいた。

「いまごろはパラシュートが見つかっているでしょうし、あのふたりもおなじ話をするでしょう」ブリーンがいった。「特殊部隊員四人が、彼らのどまんなかにいる、と。そのほかには、なんの害もないのでは」

ウィリアムズは悔いを残したまま、膨大な値打ちのある麻薬におおぜいが群がるはずだと思い、サイレンのスイッチを入れ、速度をあげて、ディエゴ・マーティンを目指した。

26

トリニダード島
ポート・オヴ・スペイン、ディエゴ・マーティン
七月二十三日、午前八時二十分

白いTシャツにグリーンのランニングショートパンツを着ている男ふたりが、警察無線を傍受し、密輸業者の活動に組み込まれているJAM構成員からのメールを受信していた。相乗効果のある関係だと、サーレヒーは知っていた。テロリストは当局に〝黙認されている〟取引という隠れ蓑《みの》を得られるし、密輸業者はその隠れ蓑と情報の見返りに、巨額の報酬を得られる。

けさの小競り合いにJAM構成員はくわわっていなかったが、地元の協力者多数がいままでは関与していた。コンドミニアムに隠れている人物の正体を彼らは知らなかっ

たが、モントリオールの襲撃に自分たちの手先が関わっていたことはニュースから知っている。パラシュート降下した人間がだれを狙っていたか、おおよその想像はつく。

拳銃を膝に置き、ドアのほうを向いて肘掛椅子に座っていたサーレヒーは、番人ふたりと、ふたりが招集した応援の男たちを眺めて、推移を追っていた。新手の男たちは、ニュースになるような大物がいることに、こびへつらうのに近い敬意を示していた。サーレヒーは、不愉快だったし、危険だと思った。熱心すぎる馬鹿者が写真を撮って、自分が偉いことを示すために恋人にメールを送るだけで、秘密が漏れる。番人ふたりもそれに気づいたらしく、遅ればせながらスマートフォンを集めて、コーヒーテーブルのそばのチェストにしまった。小規模な軍隊が戦うのに使えるほど大量の弾薬が、そのチェストに収まっていた。

それでも、サーレヒーは外に出て、自力で移動し、自分で選択肢を決めたかった。これまでの人生では、ずっとそうやってきた。ここは監獄だ。腕時計を見た。午前遅くに出発だと、サーディーはいった。十分前に、ようやく時刻を聞き出すことができ、ジェット機は約二時間後に離陸すると教えられた。

もしアッラーが望むなら《イン・シャー・アッラー》。狭苦しくなるばかりの部屋を歩きまわりながら、サーレヒーは心のなかでつぶやいた。アパートメントには新手が七人来て、それぞれに武器を選んでいた。ほとんどが現代風のくつろいだ服装で、派手な柄のTシャツ、新品の靴、ブレスレット、イヤリングで着飾っていた。ここのテロはかなり儲《もう》かるようだ。

ヴィンセントがメールを一本受信したとき、サーレヒーにもわかるようになっていた英語をつぶやいた。「くそ」

まわりの男たちは、それまで騒々しくしゃべっていたわけではなかったが、全員が黙り込んだ。彼らが知っている男からのメールらしかった。発信者はアヴィナーシュという名前で、不意に動揺がひろがった。

ヴィンセントとニクが、二人組をドアから外へ行かせた。ほかの四人を指差して、それとはべつの二人組をふたつ組ませ、ほかのところへ行かせた。屋上とロビーだろうと、サーレヒーは推測した。残った三人が、室内で位置についた。ニクがテラス、ヴィンセントがサーレヒーのそば、三人目がドアの近くに陣取った。

動きと声で、サイレンを鳴らしている車が近づいていることを、ヴィンセントが伝えた。それから、親指と人差し指で拳銃の形をこしらえ、サーレヒーにもわかる単語をひとつ口にした。

「アメリカ人」

27

トリニダード島
ポート・オヴ・スペイン、ディエゴ・マーティン
七月二十三日、午前八時四十三分

ブラック・ワスプ・チームは、なんの障害もなくディエゴ・マーティンに到着した。ウィリアムズは手袋をはめた手をのばして、ダッシュボードの下にあるサイレンのスイッチに触れた。サイレンを切り、速度を落とした。GPSの指示に従い、エイジャクスへ行ったが、角を曲がる前に停車した。ストリートビューで、エイジャクス7番地を見た。通りにある唯一の大きな建物だった。

「アパートメントだ」ウィリアムズはいった。

「隠れ家だとすると、一階ではないことはたしかだ」ブリーンがいった。「それに、

サーレヒーがいるとしたら、入口すべてに見張りがいるでしょう」

ブリーンが体を半分まわして、運転台と後部の境のスライド式パネルをあけた。

リヴェットが覗いた。「どうしてとまったんですか?」

「ターゲットの一ブロック手前だ」ブリーンが教えた。「きみたちふたり抜きで戦略の話をしたくない」

ウィリアムズは、ふたりの意見を待ってはいなかった。ずっと考えていた。「サーレヒーがいるとすると」ウィリアムズはいった。「問題は、やつらがつぎになにをやろうとしているかということだ。ずっとここでかくまうつもりはないだろう。ほとぼりが冷めてアメリカが興味を失うようなことではない」

「そう。それに、ビン・ラディンが急襲されたことを考えるにちがいない」ブリーンがいった。「そこも警戒が厳重な拠点だった」

「問題は、連中が出てくるまで待つかどうかだ」

「チャンスを無駄にするんですか?」グレースがいった。「どっちの方法が安全かどうか、確実じゃないし」

「ふた手に分かれたらどうかな。待つのと、行くのと。やつを殺《や》れるチャンスが二度になる」リヴェットがいった。

その提案が宙に浮かんでいるあいだに、ウィリアムズはいった。「もうひとつの問題は、やつがそこにいるとして、われわれがやつをどうするかだ」

「わたしの見解は知っていますよね」ブリーンがいった。

「ああ。それに、公判にかければ、イランやそのほかの場所にいるわれわれの敵にも狙いをつけることができる」ウィリアムズは同意した。「しかし、テヘランとワシントンの外交論争によって、焦点がぼやけかねない」

「われわれの問題ではない」ブリーンが指摘した。

「それに、本気で連れ出すことを考えるには、ここからの輸送手段を手配しなければならない」ウィリアムズはいった。

「中尉？」ブリーンが問いかけた。

「死ねばいい」グレースがいった。「人殺しよ。死んで当然」

「賛成だ」リヴェットがいった。「沼でうろちょろしてるようなやつとはちがう。おれたちの祖国を攻撃し、市民を殺したテロリストだ」

四人は黙り込んだ。

「あのときから現在までのあいだに、不確定なことが数多くある」ウィリアムズはいった。「監視や傍受を第４艦隊に頼むべきかもしれない」

「それには時間がかかる」ブリーンがいった。「やつがそこにいても、逃げる恐れがある。それに、われわれは盗んだ車に乗っている」

「指揮官、わたしたちは秘密攻撃チームですよ」グレースがいった。「そういう訓練を受けてます」

ブリーンは、ウィリアムズが躊躇している気配をはじめて感じ取った。ウィリアムズとサーレヒーのあいだになにがあったか、なんとなく察しがついた。ウィリアムズは、死傷者が出るのを心配しているのかもしれないが、サーレヒーを逃がしたくないのだ……二度と、ということか？

「ピザの配達といっても、この服装じゃ通用しない」リヴェットがいった。「ただはいっていくしかないでしょう？」

「それでいいと思う」グレースがいった。

ブリーンは黙ってうなずいた。ウィリアムズの考えはまちがっていない。川では運がよかった。アパートメントでは、事情がまったくちがう。だが、グレースのいうことも正しい。チームは奇襲の訓練を受けている。殺傷力を駆使して突入し、脱出するのが狙いだ。ウィリアムズのやりかたでは、チームがここにいる意味がない。

「任務中止のときには、脱出用運転手が必要になる……あるいはやつを捕らえたときにも」ブリーンはいった。「指揮官？」

ウィリアムズは、ブリーンの提案にうなずいた。「現場近くで駐車できるか場所を見つける。置かれている状況を見定め、伝手《つて》に知らせる」

救急車が動き出すと、グレースとリヴェットが目配せを交わした。

ふたりはフロアに座っていて、リヴェットがグレースのために場所をあけた。

「少佐はちょっと元気をなくしたみたいだ」リヴェットが、小声でいった。

「昔ながらの軍育ち、指揮官が環境を元に戻した」グレースが答えた。「あなたとわたしが選ばれたのは、だからだと、ずっと思ってた。お偉方は、現状に揺さぶりをかけたかったのよ」

「それじゃ、少佐は？　それに、どうしてウィリアムズが？」

「ああいう年齢と用心深さは、悪いことじゃない」グレースはいった。「とにかく、わたしの世界ではそうなの。でも、少佐だって、わたしたちがサーレヒーを攻撃できる距離にいるのはわかってるから、攻撃するしかない」

救急車が曲がって、斜路を下った。グレースは膝立ちになり、パネルを叩いた。

「とまらないで――でも、わたしたちはここでおりる！」グレースはいった。

「了解」ブリーンが、サイドウィンドウをあけながらいった。「ひきつづき状況を教える」

グレースとリヴェットが、救急車の後部へ這っていって、ドアをあけ、おりた。傾斜があるので、ドアが閉まった。グレースとリヴェットは、コンクリートの壁にへばりつくようにして、斜路を下った。ブリーンは助手席で身をかがめて、拳銃を抜いた。ウィリアムズは明るいヘッドライトをつけて、まぶしい光の向こうから見づらいようにしてから、座席のあいだのカップホルダーにグリップを上にして差してあった九ミリ口径のシグ・ザウアーを抜いた。

救急車が速度を落とした。リヴェットとグレースは救急車の速度に合わせて進んだ。グレースが先頭だった。斜路の下で救急車がとまったので、ふたりも立ちどまった。

ブリーンが、声を殺していった。「男がふたり、一〇メートルくらい前方、あいだに車が何台もある。腰にセミオートマティック・ピストル。監視カメラがドアのそばにあって、駐車場の大部分を視野に収めている」

「わかった」リヴェットがいった。

グレースのナイフは、まだ鞘に収めたままだった。グレースは救急車とおなじ方向を向き、両肘をほとんどくっつけて、エネルギーの核を活用しようとしていた。前腕が蛇の姿勢になり、両手を浮かして、右手がすこし高く、ミズヘビが鎌首《かまくび》を持ちあげているような感じでのびていた。

ウィリアムズが、サイドウィンドウをあけ、男ふたりに大声でいった。「ドクター・ナワロが患者に会いたいそうだ。迎えにきてくれたのか？」

グレースは、すでに行動を開始していた。低い姿勢で、勢いよく走っていた。見張りが上の階に連絡したら、正体がばれる。リヴェットも動いていたが、監視カメラを見るためだった。立ちどまり、脚をひらいて、監視カメラ二台に一発ずつ撃ち込んだ。見張りふたりが撃ってくる前に、リヴェットはうしろにさがった。

見張りふたりが気を散らしているあいだ、グレースは車の蔭でとまることなく、ふたりの中間へ突進した。腕が前方で動き、まるでグレースをひっぱっているように見えた。ドアの前にならんで立っていた男ふたりが、それぞれセミオートマティック・ピストルを抜いた。グレースはまず左側の見張りに襲いかかり、蛇の形の右腕がさっと突き出されて、拳銃を持った男の右腕の上から下へと巻きついた。男の腕に巻きついた腕をグレースは上にねじり、拳銃を下に向けた。それと同時に左腕が突き出されて男の喉ぼとけを横切って押さえつけ、男の首がうしろに傾いて、金属製のドアに激しく当たった。男は発砲せずに拳銃を落とした。そのあいだに、相棒がグレースのほうを向いた。グレースは最初の男を締め付けたまま、右足で蹴り、ふたり目の手からセミオートマティック・ピストルが吹っ飛んだ。

リヴェットがそこに来て、男の拳銃を拾い、自分の拳銃を男の顎に突きつけた。

「パスワードはあるか?」リヴェットが語気鋭くきくあいだ、グレースはひとり目を拘束し、身動きするたびにその男の頭をうしろに叩きつけた。

「ない——なにもない!」ふたり目がいった。

リヴェットは、男の顎の柔らかい肉に、銃口を食い込ませた。「おまえたちは、だれを護ってる?」

「外国人だよ。よく知らない」

リヴェットは、いっそう強く、銃口を押しつけた。「上にはだれがいる?」

「男だ」見張りの男がいった。「イラン人」

「見張りは何人だ?」

「廊下にふたり……部屋に三人」

「部屋番号は?」

男が口ごもった。リヴェットは、男の下腹を思い切り蹴った。

「三号室だ!」男があえいだ。

クしていた。

ブリーンがそばにきていた。うしろでウィリアムズが救急車をとめて、ドアをロックしていた。

リヴェットが、拳銃で殴って見張りの男を気絶させた。グレースはもうひとりの顎鬚をつかんで、頭をドアに叩きつけた。男の膝の力が抜けて、倒れ込んだ。

「こいつらはわたしが始末する」駆け寄りながら、ウィリアムズがいった。

「急がないと」グレースがいった。「無線点呼があるかもしれない」

リヴェットとブリーンが、男ふたりをひきずってどかし、グレースがドアを引きあけた。男ふたりがあとにつづいた。

28

トリニダード島
ポート・オヴ・スペイン、ディエゴ・マーティン
七月二十三日、午前八時五十五分

アヴィナーシュから連絡があったあと、ヴィンセント・ローリー・ジェイムズは、煙草に火をつけてから、飛行場に電話をかけた。アメリカが狂暴なSEALチーム6の連中を一波、もしくは二波、送り込んできた可能性が高い。ヴィンセントの部下は優秀で、彼自身とおなじようにフィリピンで訓練を受けたものも多い。しかし、最新鋭の武器を持っている練度の高い特殊部隊員には太刀打ちできない。

アフマド・サーレヒーは、ここに到着してからずっと、これまでになく警戒を強めていたので、出発するとヴィンセントが伝えたときにはかなりほっとした。ヴィンセ

ントは腕に鞘をストラップで留め、ハンティングナイフを差し込んだ。ナイフは両刃がともに鋸刃《のこば》だった。ヴィンセントは黒いベストを着て、武器ロッカーからセミオートマティック・ピストルを一挺選んだ。木をはめ込んだグリップに、ヴィンセントのイニシャルVRJが金字で描かれている。予備弾倉一本を、ヴィンセントはベストに留めた。ヴィンセントのそばに行ったサーレヒーは、自分の拳銃の銃口を上に向けた。味方を誤射するのを避けるための、プロフェッショナルらしい動作だった。

「下のふたりに、格別に用心するよう命じてくれ」ヴィンセントは、ニクにいった。

「おれは客人とアントニーを階段へ連れていく。話を終えたら来てくれ」

ヴィンセントは、モニターのほうへ行った。廊下の階段とエレベーター付近には、怪しいものはなにも見当たらなかった。映っていたのは、その両方を見張っている男ふたりだけだった。

「行こう」ヴィンセントはアントニーにいい、アパートメントから大胆に出た。VIPを預かっているときには、自信たっぷりに行動するのが最善だとわかっていた。そうすれば、まわりの人間に信頼される。

三人がほんの数歩進んだときに、ニクが廊下に顔を突き出した。

「下のやつらが応答しない！」鋭い声でいった。

ヴィンセントは、サーレヒーとアントニーに立ちどまるよう合図し、状況を考えた。アメリカ人の計画がどんなものであろうと、有効な行動方針はひとつしかない。

「ニク、いっしょに来い」ヴィンセントは命じた。「おまえもだ。アントニー」

急いで撤退しなければならない場合に備えて、ドアを半開きにしたまま、ニキが駆け出した。アントニーはその前方にいて、ヴィンセントとともに、見張りふたりが待っている階段へ行った。武装した男たちは、深刻な面持ちで注意を集中していた。

「アメリカ人が昇ってくるかもしれない」ヴィンセントはいった。「阻止しろ」

ふたりが了解したと答えて、ヴィンセントたちよりも先に、用心深く階段吹き抜けにはいっていった。そのふたりを信頼できればいいのだがと、ヴィンセントは思った。彼らのことはよく知らなかったし、このビルに来ては去っていく数百人のＪＡＭ構成員について、いわれていることがある。彼らは、生き延びられるような状況では熱心に戦わないというのだ。命が惜しいのはだれでもおなじだとヴィンセントは思ったが、彼自身は政治家、法執行機関、サービス提供者――武器密輸業者やドクター・ナワロなど――の重要な連絡担当なので、上の人間の命令で戦闘の場に送り込まれることは、めったになかった。しかし、いまのヴィンセントは血をたぎらせ、歯を食いしばった口から息を吸い、戦う覚悟ができていた。

先鋒《せんぽう》の男ふたりが下の踊り場で位置についた。ひとりは鉄の手摺の蔭にいて、もうひとりは階段の下が見えるように、外側の壁に体を押しつけた。サーレヒーは、先頭のヴィンセントとうしろのアントニーに挟まれて、ゆっくりと階段を昇らされた。階段の上に向かいながらヴィンセントは、アメリカの特殊部隊はビルの外壁を登るか、沼地のときとおなじようにパラシュート降下するのではないかと思った。その可能性は低かったが、完全に否定することはできないので、用心深く進んでいた。昇るあいだ、自分たちが護っている男がいたって冷静であることに感心した。サーレヒーは四十歳を超えていて、ヴィンセントがインターネットで調べたところ、長い歳月を戦場で生き延びていた。ある大規模な作戦を立案して実行したあと、脱出している。

それは、ヴィンセント・ローリー・ジェイムズが全身全霊でなりたいと願っている聖戦主義者の姿だった。

朝陽が照りつけ、階段吹き抜けは暑くなりはじめていた。屋上に出るドアまで行ったときには、四人とも汗だくになっていた。ヴィンセントが、とまるよう命じて、頑丈なアルミ製のドアに耳を押しつけ、注意を集中して耳を澄ました。

なにも聞こえなかった。待ち望んでいる音も聞こえない。

ヴィンセントは、用心深くゆっくりと、左肩をドアに当てた。セミオートマティック・ピストルを握ったまま、手をノブにかけて、押し下げた。ドアをほんのすこしあけた。

「目が慣れるまで待とう」ヴィンセントは、アントニーにいった。敵が外にいた場合、目を細めてまわりを見て、ターゲットを捜す余裕はない。

待ち望んでいた音が聞こえたとき、自分がどれほど緊張していたかにヴィンセントは気づいた。うしろの男たちを見た。一条の陽光が、それぞれの顔の中心を照らしていた。サーレヒーが問いかけるような目を向け、ヴィンセントはうなずいた。サーレヒーが、かすかな笑みを浮かべた。

太鼓の連打のような音が、着実に大きくなった。屋上に何者かがいるようなら、その音はどこか遠くでとまり、近づいてこないはずだった。だが、音は近づいていた。ドアがふるえるほど連打音が大きくなるまで、ヴィンセントは待った。そのときにようやく、ドアをゆっくりあけた——観光用のターボシャフト・エンジン二基を搭載するMi‐8ヘリコプターが、乗降口から折り畳み式の梯子《はしご》をおろしていた。

上のほうの動きが聞こえたとき、アメリカ人三人は四階の踊り場を離れるところだった。足をひきずる音、ドアのきしみ、銃床がベルトのバックルかボタンに当たる音。

三人は速度をゆるめず、一定の速さで昇っていった。グレースが先頭で、殿《しんがり》のブリーンがポケットライトで前のふたりの前方を左右に照らして、トリップワイヤがないかどうかたしかめていた。ことによるとＪＡＭがビル全体を所有していて、仕掛け爆弾《ブービートラップ》を設置しているおそれがある。こんな状況でそんなことを考えるのは不思議だったが、意外なことにグレースのウィリアムズに対する敬意は急上昇していた。万一そういうことが起きたら、ウィリアムズが真っ先に駆けあがってきて、任務を維持するか、部下を救うはずだと、グレースは確信していた。それによって、グレースの決意は一段と強まった。

　グレースのうしろでは、リヴェットが耳を澄ましていた。サヴァイヴァル訓練中に、ロヴェット将軍のチームはリヴェットが音声を綿密に聞きわける能力があることに気づいた。暗い街路で生き延び、学校の便所でどたどた歩く不良から逃れるためにそうなったのだろうと、リヴェットは思った。

　ヘリコプターの音を最初に聞きつけたのは、リヴェットだった。グレースの腕を叩いて立ちどまらせ、ブリーンに待つよう手で合図した。つぎの瞬間、ふたりにもその音が聞こえた。

　リヴェットが耳を澄まし、もう一度グレースの腕を叩いた。グレースがふりむいた。

リヴェットは、重なっているふたつの音源を探知していた。新しいバスケットボール・シューズがキュッという音をたて、ブレスレットが鳴った。リヴェットが、指を二本立てた。グレースがうなずいた。つづいて、リヴェットが指を七本見せた。グレースがふたたびうなずいた。七階に見張りがふたりいる。グレースはふたりに、待つようにと合図した。

ブリーンは眉をひそめた。グレースが、ポケットから手榴弾を一発出した。ブリーンは納得した顔になった。位置を知られてしまうので、フラッシュライトはどのみち消さなければならない。

グレースが前を向いて、これまでとおなじ流れるような動きで昇っていった。五階の踊り場までは、うしろのふたりに見えていたが、その先でグレースはまったく独りきりになった。

グレースは、階段の一階分の高さを計算し、上にある六階の踊り場を目安に、上の男ふたりが撃ちおろすのに最適な場所を判断した。銃撃から身を隠すには、六階の踊り場へ行く前に、手榴弾を投げなければならない。つまり、ターゲットに背を向けて、肩越しに弧を描くように投擲する必要がある。

それは不可能だった。敵をおびき寄せる必要がある。

リヴェットとブリーンが駆け付けるだろうが、そこで制止するつもりだった。グレースはピンを抜いて、階段の上に手榴弾を置き、大きな声で悪態をついて、手摺を跳び越え、四階の上の階段吹き抜けにおりた。右側の壁に弾子《だんし》が飛び散るはずなので、手摺にへばりつき、体を低くして丸まった。

手榴弾が耳を聾《ろう》する音とともに爆発し、金属片がコンクリートの壁に穴をあけ、手摺からけたたましい音をたてて跳ね返った。階段吹き抜けに煙が充満し、グレースはわざとうめき声をあげた――下を見て、ふたりが来るのを待った。ふたりがすぐに来て、グレースを見て、理解した。グレースは両手をあげて、待つようにと合図した。

階段を駆けおりる足音が聞こえた。小声で話し合っている。リヴェットが、グレースの横を通り抜けた。煙を透かして、素足と派手な色の運動靴が見えた。リヴェットは二足それぞれを撃った。悲鳴をあげて、男ふたりが倒れた。さらに撃つと、ふたりが声をあげなくなった。リヴェットは、あとのふたりに進むよう合図した。

爆発と銃声のせいで、ヘリコプターのローターが空気を切り裂く音が、鈍いブーンという音に聞こえていた。グレースは死んだふたりを飛び越して、階段を駆けあがった。すこし歩度をゆるめたが、立ちどまらずに、最後の階段の角から覗き、屋上に出るドアを見た。そこではローターの連打音が感じられた。

「敵影《クリア》なし！」グレースは叫び、ドアへ向かった。リヴェットとブリーンが来るのを待ち、ノブを軽く押した――。

ドアはびくとも動かなかった。ロックはなく、鍵もない。あかないようにする仕組みは、なにもないようだった。ブリーンのフラッシュライトの光を浴びて、なにかがギラリと光ったので、グレースは下を見た。ナイフが切っ先を内側に向けて、ドアの下に突き刺してあった。鋸刃がドアの下側とゴムの風除けに食い込んでいた。リヴェットがグレースのそばに駆け寄って、いっしょに押した。ギシギシという音がして、鋸刃がいっそうきつく食い込んだだけのようだった。リヴェットは、ドアをよく見た。そこに穴をあけられるような武器は持っていなかった。

グレースがすばやくあちこちを押して、弱そうな場所を探した――そのあいだもローターの連打音は遠ざかっていた。

ブリーンはずっと天窓を見あげていたが、リヴェットの体を持ちあげたとしても届かない高さだった。

リヴェットが上を見た。「ガラスを撃ち抜いて、手榴弾を投げ込んだらどうかな？」

「屋上は四方が低くなっている」ブリーンが指差していった。「排水管があるにちがいない。爆発はやつらには届かないだろう」

まもなく、表の音から判断して、ヘリコプター——と彼らの獲物——が手の届かないところへ達したことは明らかだった。グレースはドアを肘打ちした。あけようとしたわけではなく、腹立ちのあまりそうした。一分か二分の差で失敗したのだ。

ブリーンが、無線でウィリアムズに最新状況を伝えた。

「空港へ向かうかもしれない」ウィリアムズはいった。

「どこへ行くにせよ、追いつけない」ブリーンが不機嫌な声でいった。

「わたしは外にいる」ウィリアムズはいった。「たしかに空港のほうへ飛んでいる」

「だれかに連絡して、待ち伏せさせることはできませんか？」

「できない」ウィリアムズはいった。「しかし、やつらを阻止する効果的な手段がほかにもあるかもしれない」

（上巻終わり）

◉訳者紹介　**伏見威蕃（ふしみ　いわん）**
翻訳家。早稲田大学商学部卒。訳書に、カッスラー『亡国の戦闘艦〈マローダー〉を撃破せよ！』、クランシー『暗黒地帯』（以上、扶桑社ミステリー）、グリーニー『暗殺者の献身』（早川書房）、ウッドワード他『PERIL 危機』（日本経済新聞出版）他。

ブラック・ワスプ出動指令（上）

発行日　2022年10月10日　初版第1刷発行

著　者　トム・クランシー&スティーヴ・ピチェニック
訳　者　伏見威蕃

発行者　小池英彦
発行所　株式会社 扶桑社
〒105-8070
東京都港区芝浦1-1-1　浜松町ビルディング
電話　03-6368-8870(編集)
03-6368-8891(郵便室)
www.fusosha.co.jp

印刷・製本　図書印刷株式会社

ISBN 978-4-594-09150-7　C0197

扶桑社海外文庫

真夜中のデッド・リミット（上・下）
スティーヴン・ハンター　染田屋茂／訳　本体価格各980円
メリーランド州の山中深くに配された核ミサイル発射基地が謎の武装集団に占拠された。ミサイル発射の刻限は深夜零時。巨匠の代表作、復刊！〈解説・古山裕樹〉

ベイジルの戦争
スティーヴン・ハンター　公手成幸／訳　本体価格1050円
英国陸軍特殊作戦執行部の凄腕エージェント・ベイジルにナチス占領下のパリへの潜入任務が下る。巨匠が贈る傑作戦時エスピオナージュ！〈解説・寶村信二〉

ナイトメア・アリー　悪夢小路
ウィリアム・リンゼイ・グレシャム　矢口誠／訳　本体価格1050円
カーニヴァルで働くマジシャンのスタンは、野心に燃えてヴォードヴィルへの進出を果たすが…ギレルモ・デル・トロ映画化のカルトノワール。〈解説・霜月蒼〉

つけ狙う者（上・下）
ラーシュ・ケプレル　染田屋茂＆下倉亮一／訳　本体価格各1000円
スウェーデンを揺るがす独身女性の連続惨殺事件。犯行直前に被害者の姿を盗撮した映像を警察に送り付ける真意とは？ヨーナ・リンナ警部シリーズ第五弾！

＊この価格に消費税が入ります。